"처문(妻問)을 하러 왔다.
넌 내 처가 될 것이다"

일러스트레이션 : Asahiko

이戀연異

삭(朔)의 만남

이연(異戀) ~삭(朔)의 만남~

초판 1쇄 찍은 날 | 2014년 9월 10일
초판 1쇄 펴낸 날 | 2014년 9월 20일

지은이 | chi-co
그린이 | 아사히코
옮긴이 | 윤슬
펴낸이 | 예경원

편집책임 | 박우진
편집 | 오아현

펴낸곳 | 예원북스
등록번호 | 제396-2012-000132호
등록일자 | 2012. 7. 25
YRN | 제6-0001호

주소 | 경기도 고양시 일산동구 무궁화로 8-28 삼성메르헨하우스 712호 (우) 410-837
전화 | 031-819-9431 팩스 | 031-817-9432
http://blog.naver.com/ainandfin
E-mail | ainandfin@naver.com

ISBN 979-11-5630-755-6 03830
ISBN 979-11-5630-756-3 (set)

※ 파본은 구입하신 서점에서 교환하여 드립니다.
※ 저자와 협의하여 인지를 붙이지 않습니다.
※ 이 책은 예원북스와 저작자의 계약에 의해 출판된 것이므로 무단 전재 및 유포, 공유를 금합니다.
※ 이 도서의 국립중앙도서관 출판시도서목록(CIP)은 서지정보유통지원시스템 홈페이지(http://seoji.nl.go.kr)와 국가자료공동목록시스템(http://www.nl.go.kr/kolisnet)에서 이용하실 수 있습니다.

차 례

이연(異戀)
~삭(朔)의 만남~

서장

코미야 치사토(古都千里)는 외모에 불만이 많았다.

먹어도 살이 찌지 않는 마른 몸이 싫었고, 여자 같다는 소리를 종종 듣는 곱상한 얼굴이 못마땅했다.

무엇보다 어릴 때부터 시력이 매우 나쁜 데다, 체질상 콘택트렌즈가 맞지 않아서 어쩔 수 없이 쓰고 있는 두꺼운 안경이 너무 싫었다.

책을 지나치게 많이 읽은 것도 아니다.

게임을 지나치게 많이 한 것도 아니다.

원인도 모른 채, 병원에 다녀도 나아지지 않는 시력 때문에, 유치원 때부터 안경을 빌미로 줄곧 괴롭힘을 당했다.

외아들에게 관대했던 부모님은 치사토가 원하는 장난감은 뭐든지 사주었지만, 치사토는 금방 싫증을 느꼈다. 그 탓인지 몰라도 뼛속까지 비굴하고 내성적인 성격으로 자란 치사토는 집에서 혼자 노는 날이 많았다.

중학생이 될 무렵에는 너그럽게 지켜보던 부모님조차 친구를 한 명도 집에 데려오지 않는 아들을 걱정했지만, 이미 형성된 성격을 부모님의 충고나 조언으로 새삼 바꿀 수는 없었다.

부모님이 싫은 건 아니지만, 친구나 학교 문제로 참견당할 때마다 어쩐지 부모 자식 사이의 골이 깊어져 가는 것만 같았다.

그런 치사토도 초등학생 시절부터 장기 휴가 때마다 부모님을 따라서 할머니가 사는 시골에 내려가 지내는 것은 마음에 들었다.

도시와 다르게 드높은 하늘.

눈부실 정도로 푸르른 녹음.

맑은 공기.

근방에 또래의 어린아이가 없기 때문인지 조용했고, 할머니는 한없이 자상했다.

귀찮은 일 하나 없는 한적한 시골 생활에, 치사토는 시골에 내려갈 때마다 돌아오고 싶지 않았다.

부모가 일하러 나가고 없을 때면 할머니는 치사토와 툇마루에 나란히 앉아 투명한 밤하늘을 올려다보면서 이런저런 이야기를 들려주었다.

"오늘밤은 '삭(朔)'이구나."

"삭?"

생소한 단어에 되묻자 할머니는 웃으면서 하늘을 가리켰다. 오늘밤은 달의 모양이 거의 보이지 않아 초승달이 떴다고 생각했는데, 아마도 그 초승달이 되기 전의 상태를 '삭'이라고 하는 모양이었다.

할머니는 음력에서 한 달이 시작하는 날을 '삭일', 즉 '초하룻날'이라고 부른다고 가르쳐 주었다.

"치사토도 지금은 삭의 시기일 거야. 장차 다양한 일들이 펼쳐지겠지. 소중한 친구들도 분명히 생길 거란다."

친구가 한 명도 없는 치사토를 염려해서 한 말이겠지만, 치사토는 할머니의 걱정과는 정반대로 생각하고 있었다.

눈에 보이지 않는 삭의 달. 지금이 그런 시기가 아니라 자신이 바로 삭이다. 누구의 눈에도 띄지 않고 조용히 살고 있다.

'지금 상태로 만족하는걸……'

다른 사람과 얽혀서 불쾌한 일을 겪을 바에는 차라리 혼자 있는 게 훨씬 편했다.

이번 여름방학도 다른 때와 마찬가지로 시골에 왔다. 부모님은 오본 휴가(추석과 비슷한 명절로 양력 8월 15일을 전후로 연휴를 갖는다)까지 올 수 없었지만, 치사토에게 있어선 늘 있는 일이었다.

치사토는 시골에서도 할머니 외에 다른 사람과 거의 대화를 나누지 않았다. 작년까지는 방에서 멍하니 있거나 할머니 뒤를 졸졸 따라다니곤 했지만, 올해는 본채에서 조금 떨어진 커다란 창고에서 하루 대부분을 보냈다.

아버지의 가문은 대대로 지주를 지내면서 유복하게 생활했다고 들었다.

그런 까닭인지 창고 안에는 제법 오래된 놀이 도구나 고서가 쓸모없는 물건처럼 아무렇게나 쌓여 있었고, 치사토는 평소 접해보지 못한 골동품들에 흥미를 느꼈다.

대낮에도 어두컴컴하고 서늘한 공기가 가득한 창고 안에 틀어박혀 곰팡내 나는 너덜너덜한 책을 뒤적이면서 시간을 보냈다. 이제껏 역사에 전혀 관심이 없었는데도 진심으로 흥미를 느낀 것이다.

특히 재미있는 책은 옛날 판타지소설로 어려운 단어와 표현이 잔뜩 있었지만, 치사토는 어느새 그런 이야기에 흠뻑 빠져들었다.

"아~ 좋다."

그날도 치사토는 아침부터 창고에 들어앉아 이미 몇 번이고 본 책을 읽으면서 한숨을 쉬었다.

메이지 시대에 쓰인 것처럼 보이는, 현대에서도 유명한 고전소설인 『겐지이야기(源氏物語)』의 판본이었다.

학교에서도 배운 적 있는 그 책의 내용은 어떤 의미에서는 남자의 이상향을 그리고 있다. 치사토는 주인공인 '히카루 겐지(光源氏)'라는 헤이안 시대의 바람둥이에게 자신의 모습을 투영하고 있었다.

내가 히카루 겐지만큼 완벽한 인간이었다면 분명 다른 인생을 살고 있겠지?

"어차피 같이 놀 친구도 없잖아? 내가 특별히 시간 내줄 테니까 잽싸게 이쪽으로 튀어와라, 안경."

어젯밤 느닷없이 휴대전화로 걸려온 전화는 학교에서 앞장서 치사토를 놀리는 이즈미 아키미츠(和泉彰光)에게서였다.

휴대전화 번호는 극히 일부에게만 가르쳐 줬는데 대체 누구에게 들은 걸까?

'귀중한 방학 시간까지 쪼개서 나를 괴롭히지 않아도 될

텐데……'

치사토는 건성으로 대답했지만, 물론 이즈미의 꾐에 넘어갈 생각은 추호도 없었다. 싫어하는 상대를 만나고 싶을 리가 없다.

"애초에 안경이라고 놀리기 시작한 게 그 자식이었지."

어두운 학창 생활을 떨쳐내고 싶어서 집에서 다소 떨어진 학교로 진학했는데 유일하게 같은 학교로 진학한 녀석이 이즈미였다.

이즈미는 솔선해서 치사토를 놀려댔다. 그렇게 눈엣가시라면 안 보면 그만인데……. 치사토는 그런 자식의 생각따윈 도무지 이해할 수가 없었다.

"……어랏?"

멍하니 그런 생각에 빠져 있던 치사토는 문득 책 아래 낡고 커다란 상자에 눈길이 닿았다. 보통 바로 책을 집었기 때문에 눈여겨 본 적이 없었는데 가까이서 들여다보니 제법 정교한 장식이 달려 있었다.

"이건… 궤?"

옷이나 살림살이 등을 넣는, 뚜껑이 달린 커다란 직사각형 상자. 나무 위에 옻칠로 반질반질하게 마무리한 궤는 지금으로 치자면 수납장 같은 것이다.

'뭐가 들어 있을까?'

한 번도 열어본 적 없는 궤에 강렬한 호기심을 느낀 치사토는 위에 놓인 책을 치우고 뚜껑에 손을 댔다.

무엇이 나올지 가슴이 두근거렸다.

"우와… 예쁘다……."

천천히 뚜껑을 열자 그 안에는 얼핏 보기에도 화려한 기모노가 들어 있었다. 색이 전혀 바래지 않은 데다 섬세하게 놓인 금실 자수를 보니 기모노의 가치를 모르는 치사토도 감탄사가 절로 나올 만큼 아름다웠다.

'할머니가 깜빡한 건가?'

창고에 아예 발걸음을 하지 않는 할머니가 이렇게 훌륭한 기모노가 있다는 걸 기억하고 있을지 걱정스러웠다.

여자가 아닌 치사토는 기모노를 물려받을 이유가 없지만, 아직 젊은 엄마가 본다면 기뻐하며 입을 것 같았다.

맨 위에 놓인 기모노를 살짝 들어 올린 순간, 치사토의 시선이 기모노 밑에 깔린 물건으로 옮겨갔다.

"이건…… 접이식 부채?"

엄마가 여름에 가지고 다니는 것과 비슷해 보였지만, 손에 들어보니 의외로 크고 무거웠다.

이 부채 역시 손잡이 부분에 정교한 장식이 달려 있다. 어떤 그림이 그려져 있는지 궁금해 천천히 펼쳐본 치사토는,

'아… 좋은 향기.'

달콤하고 그윽한 향기가 코끝을 간질이는 기분이 들었다.

하지만 부채를 완전히 펼친 순간, 눈앞의 광경이 흔들리는가 싶더니 몸이 중심을 잃고 비틀거렸다.

온몸의 피가 스르륵 빠져나가는 것처럼 궤 위로 쓰러진 치사토는 그대로 상자 속으로 고꾸라지고 말았다.

'어……?'

곁에서 보기에 궤의 높이는 대략 육십 센티미터 정도였다. 설사 짚고 있던 손이 미끄러졌다고 해도 곧장 머리만 부딪치고 끝날 터였다.

그런데도 마치 바닥 모를 늪에 빠진 것 같은 기분이 들더니, 곧 치사토는 의식을 잃고 말았다.

삭(朔)의 만남

삭(朔)의 만남

세상의 지배자이자 현 천황인 코요(昂耀)는 반듯한 얼굴을 살짝 찡그린 채 아름다운 정원을 걷고 있었다.

"여인이란 어찌하여 그리도 어리석단 말인가······."

코요는 한숨을 길게 내쉬었다. 주위에 누가 있었다면 이 광경을 보고 병환이니 저주니 호들갑을 떨었겠지만, 지금 정원에는 그 혼자였고 마침 순찰을 도는 근위무사도 없었다.

평상시 같으면 있을 수 없는 상황 속에서 코요는 거듭 한숨을 쉬었다.

"이를 어찌해야 할까······."

선대 천황인 부친이 서거하면서 열일곱에 새 천황으로 즉위한 코요. 태어날 때부터 차기 천황으로 길러졌기 때문에 언제든 그 자리에 앉을 수 있다는 각오는 하고 있었다.

하지만 실제로 천황이라는 자리에 앉자 숨통을 조이는 구속과 무거운 책임이 어깨를 짓눌렀다.

유일무이한 권력자로 군림하면서도 하루하루가 긴장의 연속이었다.

그리고 올해로 즉위한 지 십 년이 지났다. 그동안 큰 전쟁 없이 어떤 의미에서는 평온하고 안온한 시간이 지나갔다.

그런 가운데 동궁 시절에 입궁한 고위 궁녀인 여어(女御) 중 하나를 황후로 맞이했지만, 황후는 이 년 뒤 다음 천황이 될 황자를 낳고, 그 삼 년 뒤 갑작스레 병상에 누웠다가 스무 살이라는 짧은 생을 마감했다.

애틋한 연정을 품은 것은 아니었으나 처로서 그럭저럭 아끼던 이의 죽음에 코요는 꽤 충격을 받았다.

그러나 주위에서는 슬픔이 채 가시기도 전에 새 황후를 간택하라며 성화였다.

아직 그럴 마음이 없었던 코요는 새 여어를 몇 명 받아들이는 조건으로 간택을 미루기로 했다.

그 상태로 벌써 오 년.

그 방법이 맞았는지 어쩐지는 모르겠으나 천황에 대한 영향력을 강화하고 싶은 유력자들이 잇달아 딸을 바치니 지금은 열 손가락을 넘을 정도의 여어와, 그다음으로 신분이 높은 궁녀인 갱의(更衣)까지 거느리게 되었다.

평등하게 매일 돌아가며 침소에 들고 있지만, 권력에 집착하는 이, 순종하는 이, 입궁은 본뜻이 아니었다며 한탄하는 이 등, 코요의 마음을 움직이는 여인은 그 가운데 아무도 없었다.

지금까지 한 명의 황자와 네 명의 황녀를 얻었지만, 정쟁의 불씨가 될 수 있는 황자가 더 이상 태어나지 않아서 얼마나 다행인지 절실히 느끼고 있었다.

그러나 최근 들어 천황에게 황후가 없다는 것은 있을 수 없는 일이라는 공론이 다시 끓어오르면서 코요는 지금 거느린 여어 가운데 한 명을 고를 것인지 아니면 새로 맞이할 것인지 결단을 강요당하고 있었다.

알아서 하겠노라고 버럭 화를 내고 싶어도 정치적 입장을 고려하면 그럴 수는 없는 노릇이었다.

들끓는 여론은 하루하루 가속도가 붙어서, 지금은 아차하는 순간 침소에 여인이 나타나는…… 그런 일이 우스갯소리가 아니라 실제로 일어나고 있었다.

'나는 아이를 만드는 꼭두각시에 지나지 않는 것인가.'

코요는 한숨을 연거푸 내쉬고 밤하늘을 올려보았다.

"양위라도 하고 싶지만 동궁 나이 겨우 여덟. 그리 안쓰러운 일은 차마 못 하겠구나……."

'차라리 하늘에서 사자라도 내려온다면 그자에게 황후 지위를 내릴 터인데…….'

말도 안 되는 소리를 중얼거릴 정도로 지친 것일까. 오늘 밤은 어느 방도 들르지 않고 쉬어야겠다. 코요는 침전에 돌아가기 위해 발길을 돌리려 했다.

그때,

"……!"

마땅히 밝아야 할 달이 어두워진다 싶어 고개를 들어보니 하늘에서 무언가가 팔락팔락 내려오는 모습이 보였다.

"……부채?"

코요는 달빛이 무색하리만치 눈부신 부채가 내려앉는 광경을 체통도 잊어버린 채 넋 놓고 바라보았다. 그러다가 그 부채 너머로 다른 그림자를 발견했다.

'사람인가?'

흰 눈보다 느리게 하늘하늘 내려오는 것은 인간이었다. 보고도 믿기 어려운 광경이었다. 하늘에서 사람이 내려오다니 꿈을 꾸는 것 같았지만, 코요는 재빨리 몸을 움직였다. 저대로 두면 정원에 떨어지고 말리라.

"……!"

코요의 초조한 마음과는 달리 내려오는 속도가 매우 느려서 받을 자세를 취할 여유가 있었다.

두 팔을 뻗은 코요의 품속으로 사뿐히 내려앉은 그것은 아직 어린아이 같았다.

"천인인가? 아니면… 인간인가?"

달빛 아래로 보이는, 젖살이 남아 있는 앳된 얼굴은 흰 분을 바른 것도 아닌데 하얗고 투명하다.

낮게 깔린 긴 속눈썹.

자그마한 코.

작고 도톰한 입술.

몸에 걸치고 있는 옷은 난생처음 보는 것이었고, 겉으로 보기에 남자인지 여자인지 짐작이 가지 않았다.

그래도 팔에서 느껴지는 묵직함은 이것이 꿈이 아니라 현실이라는 걸 확인시키기에 충분했다.

"무슨 연유로… 하늘에서……?"

설마 선녀일 리 없다.

자신의 생각에 쓴웃음을 흘리는데 어디에선가 부스럭하는 소리가 귓가에 날아들었다.

"폐하!"

곧이어 풀숲 그늘에서 그림자 하나가 달려왔다.

"토모유키냐?"

잠시 경계했던 코요는 얼굴을 확인하고 나서 안도의 한 숨을 쉬었다.

나타난 자는 죽마고우이자 지금은 좌근위대장(左近衛大將)이라는 직책을 맡고 있는 나카츠카사 토모유키(中司知之)였기 때문이다.

동궁 시절부터 코요를 호위하는 무관인 나카츠카사는 지금까지 정적의 위협으로부터 여러 번 코요의 목숨을 구해 주었다.

불안정한 세상을 손아귀에 넣고 직접 권력을 휘두르려는 자가 있다는 것쯤은 각오하고 있었고, 젊다고는 하나 어릴 적부터 지배자로 길러진 자신이 늙은 신하들에게 뒤진다고 생각하지 않았다.

자칫 목숨을 잃을 뻔한 위기도 있었지만, 그때마다 자신을 따르는 측근들이 온 힘을 쏟아 지키고 지지해 주었다. 그중에서도 코요는 특히 죽마고우인 나카츠카사에게 절대적인 신뢰를 보내며 약관임에도 불구하고 좌근위대장이라는 중책을 맡겼다.

평소 코요가 기거하는 광려전을 호위하던 중이었는지 나카츠카사는 손에 칼을 들고 심각한 목소리로 말했다.

"폐하, 어서 어수에 있는 그것을 내려놓으십시오."

"아직 아이다."

코요는 품 안의 존재를 지그시 내려다보았다.

경비가 삼엄한 광려전에 들어온 자를 수상하게 여기는 것은 당연하나 코요는 도무지 이 아이가 위험한 존재로 보이지 않았다.

그러나 나카츠카사는 험악한 낯빛으로 코요의 말을 부정했다.

"누구의 사주를 받고 온 자인지 알 수 없습니다! 이렇게 삼엄한 경비를 뚫고 갑자기 하늘에서 내려오다니 수상한 무리일지도 모릅니다!"

"……도통 그리 보이지 않는구나."

가령 수상한 자가 맞다 하더라도 이토록 가냘픈 존재라면 제 손으로 쓰러뜨릴 수 있을 것 같았다.

"어찌 그리도 태평하십니까!"

조금도 경계를 늦추지 않는 나카츠카사를 앞에 두고 코요는 다시 아이에게 시선을 돌렸다.

미약하게나마 위아래로 움직이는 가슴팍을 보면 살아 있는 것은 확실했다.

어찌 하면 좋을꼬. 코요는 잠시 고민하다 이윽고 그대로 걷기 시작했다.

천황의 발길이 침소로 향하고 있다는 걸 알아챈 나카츠

카사는 나지막이 혀를 차며 잰걸음으로 뒤를 따랐다.

"가문도 내력도 모르는 자를 침전에 데려가실 작정이십니까?"

아닌 게 아니라 나카츠카사도 이 아이를 수상하다고 딱 잘라 말하기는 어려운 듯했다. 그래도 신원을 알 수 없으니 그 점에 관해 코요를 설득하고자 운을 뗀 것이다.

하지만 코요의 생각은 달랐다. 확실히 하늘에서 내려온 아이를 천황인 자신이 안고 있다는 것만으로도 문제가 되겠지만, 어떻게든 이 눈이 열리는 순간을 보고 싶었다.

'나를 보고 이 입에서 무슨 말이 나올지도……'

코요 역시 검술에 능하다. 어린애 따위에게 호락호락 당할 리 없다며 입가에 미소를 띠었다.

"하늘이 내게 보낸 자이다."

"무슨 말씀이십니까?"

"하늘이 내게 하사한 것이란 말이다."

그렇게 대답하고 나서 코요의 머릿속에 묘안이 떠올랐다. 지금 이 아이가 하늘에서 내려오는 광경을 본 사람은 자신과 나카츠카사뿐이다. 나카츠카사만 입을 다물면 이 아이가 언제 어떻게 광려전에 들어왔는지 들킬 염려는 절대로 없었다.

'어쩌면 정말로 하늘이 황후를 세우라고 귀찮게 구는 신

하들을 잠재우기 위해 내게 이 아이를 보냈을지도 모른다.'

이 아이가 여자든 남자든 간에 아무도 신원을 모른다는 것은 최대 강점이 될 것이다. 혹여 누군가의 수하라면 이대로 목숨을 빼앗는다 해도 크게 문제될 것이 없었다.

곰곰이 생각해 보니 이것은 궁지에 몰린 자신이 지금 상황에서 벗어날 수 있는 절호의 기회였다.

"내 황후로 이보다 적당한 자가 어디 있겠는가."

천연덕스럽게 웃는 코요의 마음은, 어린 시절 나카츠카사가 아직 신분의 차이를 의식하지 못할 무렵 함께 어울려 다니며 온갖 장난을 치던 때와 마찬가지였다.

오랜 시간 코요와 함께한 나카츠카사는 코요가 무슨 생각을 하고 있는지 금세 눈치챈 모양이었다.

"아키마사(彰正)."

나카츠카사가 무심결에 친근한 아명을 부르자 코요는 더욱더 이 작전에는 결코 자신을 배신하지 않을 그의 존재가 필요하다는 것을 확신했다.

"잘 생각해 보게, 토모유키. 백성을 위해서라도 정쟁의 씨앗을 뿌릴 수는 없네."

처는 여럿이나 다행히 차기 천황이 될 황자는 한 명. 만에 하나라도 후궁들의 배에서 새 황자가 태어나서는 안 될 상황이었다.

그러나 더 이상 황후 자리를 비워두기는 어려웠다.

"그 아이를 이용할 생각인가?"

"그렇다네."

"그자가 누구든 간에?"

"이런 아이에게 당할 정도로 나는 우둔한 남자가 아닐세."

나카츠카사와 이야기를 나누면서 코요는 점점 마음을 굳혀갔다. 비장의 한 수가 될 아이를 이대로 보내기가 아깝다.

"내일 날이 밝는 대로 의사를 부르게. 언뜻 봐서는 다친 것 같진 않네만……. 아무쪼록 입이 무거운 자로 부탁하네."

이 이상의 간언은 듣지 않겠다고 서둘러 이야기를 마무리하자 잠시 뒤 두 손 들었다는 듯 한숨을 크게 내쉰 나카츠카사가 단념한 듯 말했다.

"……존명."

한번 결심한 일은 끝까지 해내는 코요의 성격을 가장 잘 알고 있다고 자부해도 좋을 나카츠카사다.

하지만 코요가 맹진하지 않기를 바라는 듯 단호한 어조로 쐐기를 박았다.

"그자가 깨어나는 대로 먼저 자초지종을 물으십시오. 만약 그저 길을 잃고 헤매던 아이라면 마땅히 궁 밖으로 내쫓아야 합니다."

"자네도 하늘에서 내려오는 광경을 똑똑히 보지 않았는가. 그래도 단순한 인간이라 할 수 있겠는가?"

"……세상에는 불가사의한 일도 있는 까닭에 반드시 그렇다고 단정할 수는 없습니다."

"여전히 여자아이에게는 너그럽구나. 토모유키."

성이 아니라 이름을 부른 의미를 깨달은 듯,

"……자네에게도 충분히 자상해."

나카츠카사는 딱딱한 경어를 거두고 마지못해 쓴웃음을 지었다.

*　　*　　*

'으, 머리야……'

무거운 의식 속에서 몸을 뒤척이던 치사토는 무언가 딱딱한 것 위에 누워 있다는 것을 무의식적으로 느꼈다. 제 방의 침대가 이렇게 딱딱할 리 없는데 어떻게 된 일인지 곰곰이 생각하다가 마침내 자신이 무엇을 하고 있었는지를 기억해 냈다.

'아뿔싸. 창고에서 잠들어 버렸구나.'

지금까지 창고에서 잠든 적이 몇 번 있었는데, 그때마다 할머니에게 감기 걸린다며 걱정 섞인 잔소리를 들은 기억을 떠올렸다. 분명 자신은 창고의 나무 바닥에서 잠이 들어 있는 것이다.

먼지투성이인 곳에서 어떤 꼴을 하고 있을지 조금 불안해하면서도 치사토의 의식은 천천히 떠올라 무거운 눈꺼풀을 열었다.

"……어?"

맨 처음 눈에 들어온 것은 화려한 천이었다.

창고 안에 이런 것이 있었나? 치사토는 아름다운 무늬의 그것을 보며 눈을 천천히 깜빡거리다가, 이내 휘둥그레떴다.

"여기…… 뭐야?"

무언가 다르다는 걸 직감한 치사토가 반사적으로 일어났다. 자신은 한 평 반 남짓의 다다미 위에 누워 있었고, 몸 위에 덮여 있는 이불은 기모노였다.

몸에 걸치고 있는 옷도 원래 입고 있던 셔츠와 반바지가 아니라 흰 기모노 같은 걸로 바뀌어 있었다.

"꿈인가?"

치사토는 잠이 덜 깬 건지 확인하려고 볼을 꼬집어봤지만, 눈앞에 있는 것들은 그대로였고 볼만 아팠다. 그 통증은 이것이 현실임을 일깨워 주었다.

"어… 떻게 된 거야?"

무서워졌다.

창고 안에 있어야 할 자신이 저도 모르는 새 낯선 곳에 끌려와 있다.

이곳이 어딘지, 대체 무슨 일이 일어난 건지 영문도 모른 채, 그런데도 무언가 무서운 일이 벌어지고 있다는 느낌에 치사토는 벌떡 일어났다. 이곳에 가만히 있을 수는 없었다.

다다미 주변은 화려한 무늬의 천으로 둘러싸여 있다.

한 면이 활짝 열려 있었기 때문에 그곳으로 빠져나와 뒤를 돌아보니, 다다미방이라는 짐작은 착각이었는지 나무 바닥에 단을 쌓고 그 위에 다다미를 얹은 모양새였다.

치사토는 미간을 찡그렸다. 덮개가 달린 옛날 침대랑 비슷한데?

"……"

시선을 주변으로 옮기자 장지문도 창도 없이 기둥만 덜렁 서 있고, 본채 툇마루에 걸려 있던 것과 비슷한 발이 드리워져 있었다.

자세히 살펴보니 발은 천과 끈으로 장식되어 있었고, 꽤 비싸 보였다.

밀실도 아닌데 어쩐지 답답해서, 치사토는 발을 걷고 바깥으로 뛰쳐나갈… 생각이었는데…….

"……여긴 어디야?!"

눈앞에 펼쳐진 광경은 현실과 동떨어진, 꿈에서조차 본 적이 없는 미지의 세계였다.

한 면을 수놓은 아름답고 넓은 정원.

나무 한 그루부터 연못까지 절묘하게 배치된 모습이 마치 공원 같았다.

일렬로 죽 늘어선 발과 앞쪽으로 길게 뻗은 나무 복도를 보니 이곳이 어떤 건물의 모퉁이라는 것쯤은 짐작이 갔다.

"여긴… 대체 어디야…….."

어디로 가야 할지 갈피를 잡지 못하고 우두커니 서 있던 치사토가 무심코 혼잣말을 중얼거리는데, 복도 저편에서 불쑥 사람 그림자가 비쳤다.

"깨어나셨습니까?"

"……!"

그 모습에 치사토의 눈이 휘둥그레졌다.

"종일 깨어나지 않으셔서 걱정했사옵니다만… 어인 일이신지요?"

여자는 비스듬히 서서 온화하게 말을 걸었다.

말뜻은 이해했다. 딱딱한 말투로 이야기하고 있지만, 일본어도 맞고 눈앞에 서 있는 여자도 일본의, 아니, 아주 옛날 일본의…….

"뭐, 뭐예요, 그 옷차림은…….."

"제 옷 말씀이십니까?"

그 여자가 입고 있는 옷은 서양식이 아니라 기모노, 아니, 이걸 기모노라고 해야 하나?

아래는 신사의 무녀 같이 붉은색 하카마(袴, 일본 전통 복장 중 바지)를 입고, 위에는 형형색색의 우치카케(內掛け, 가장 마지막에 입는 덧옷. 현대에서는 신부의 전통 혼례 복장으로 쓰인다) 비스름한 것을 겹겹이 걸친 모습이 아무리 생각해도 일상복은 아니었다.

"쥬니히토에(十二單, 헤이안 시대 궁중 여성들의 평상복)……?"

이상한 점은 옷차림뿐만이 아니었다. 외모도 현대에서는…… 적어도 치사토는 본 적이 없었다.

바닥까지 늘어뜨린 검은 머리카락에 하얀 얼굴. 연지를 입술 가운데만 붉게 칠한 그 모습이…….

"맞… 다, 히나 인형……."

어릴 적 엄마와 함께 사진을 찍었던 히나 인형과 판박이였다.

"무슨 말씀을 하시는지 모르겠사오나 이것은 궁녀의 정식 복장이옵니다."

"궁녀 복장?"

"그러하옵니다."

'이 사람, 무슨… 말을 하는 거야……'

낯선 단어의 뜻은 얼마 지나지 않아 치사토의 뇌에 전달되었다.

여자의 차림새, 방금 전까지 누워 있었던 덮개 달린 전통 침대, 그리고 지금 보고 있는 것들을 모두 종합하면 자신이 지금 있는 곳이, 아니, 시대가 저절로 파악됐다.

딱히 이 시대를 동경한 것도 아닌데 꿈이라고 하기에는 지나치게 리얼하다.

혹시 창고에서 읽었던 겐지 이야기가 여태 머릿속에 남아 있는 걸까?

"다, 당신의 주인은 히, 히카루 겐지인가요?"

그렇다면 나는 아직 꿈속을 헤매는 중이다.

하지만,

"아니옵니다. 제 주인님은 이 시대의 천황이신 코요 폐하이시옵니다."

여자가 자랑스레 입에 올린 이름은 전혀 들은 기억이 없었다.

'그럼, 그렇다면, 여기는 헤이안 시대가 아니라는 이야기?'

치사토의 지식으로는 헤이안 시대로밖에 보이지 않는데 전혀 기억에 없는 이름이다.

꿈인지 생시인지도 헷갈리는데 거기에 온갖 의문이 더해지자 치사토는 공황에 빠져 버렸다.

"……으!"

"어디 가시옵니까?"

갑자기 달리기 시작한 치사토를 보며 여자가 놀란 듯 물었다. 그 목소리에서 적의는 느껴지지 않았지만, 정체 모를 인간 앞에서 마냥 서 있을 수만은 없었다.

'뭐야, 뭐냐구, 여긴!'

나무 복도에서 버선발로 뛰어내려 정갈하게 손질된 정원을 달리면서 치사토는 자신이 왜 이런 일을 겪고 있는지 몇 번이고 자문자답했다.

달리면 달릴수록 차오르는 숨과 간혹 자갈을 밟아서 생긴 발바닥의 통증은, 이것이 결코 꿈이 아니라 현실이라고 알려주는 것 같았다.

대체 왜 이런 일이 일어난 걸까?

자신이 어떤 곳에 있는지 알고 싶은데…… 무서워서 알고 싶지 않았다.

"멈추어라!"

"……!"

그 기묘한 방에서 뛰쳐나오자마자 치사토는 한 무리의 남자들에게 쫓겼다.

순간적으로 시선을 돌려 상대를 확인하고는 겁에 질려 발이 더욱 빨라졌다.

'어, 어째서 저런 걸 가지고 있냐고!'

뒤에서 쫓아오는 사람들은 칼을 차고 활을 들고 있다. 창고에서 읽은 『겐지 이야기』에 묘사되어 있던 병사와 흡사한 모습에 한층 패닉 상태에 빠졌다.

잡히면 진짜 죽을 거야. 다급하게 달음질친 통에 느닷없이 발이 꼬여 치사토는 제자리에 푹 고꾸라지고 말았다.

"아얏."

아무래도 발목을 삔 모양이다.

쭈그리고 앉아 발목을 감싸고 있자 남자들은 너무도 쉽게 치사토를 따라잡았다.

"괜찮으냐?"

한 남자가 몸을 숙여 손을 뻗어주었지만, 치사토는 아프지 않은 다리를 획 차올려 다가오지 못하도록 위협했다.

"가, 가까이 오지 마!"

치사토 입장에서 눈앞의 남자들은 괴상하기 짝이 없는 존재였다.

기모노에 하카마를 입고, 게다가 칼이나 활을 들고 다니는 인간이 요즘 시대에 어디 있을까. 맨손인 치사토는 끝까지 저항할 수 있을지 자신이 없었지만, 그래도 이유도 모르고 죽기는 싫었다.

치사토는 바닥에 주저앉은 채 슬금슬금 물러나며 남자를 노려보았다. 그러자 가장 가까이에 있는 남자가 제자리에 한쪽 무릎을 꿇었다.

"진정하십시오. 저희는 당신을 호위하기 위해 따라다니는 자들입니다."

"호, 호위라니! 갈 거야! 이런 이상한 곳에서 돌아가게 해달라고!"

"이상한 곳이 아닙니다. 이곳은 광려전으로, 폐하가 기거하시는 유서 깊은……."

"폐하니 뭐니 언제 적 소리를 하는 거야! 영화 촬영이라도 하는 중이야?"

지금 눈에 보이는 모든 것이 세트고, 밖에 나가면 자신이 살고 있는 평범한 거리가 보이지 않을까? 그렇게 생각하자 그것이 맞겠다 싶어 치사토는 어떻게든 다시 걸으려고 했지만.

"웬 소란이냐!"

"……!"

낮고 쩌렁쩌렁한 목소리에 치사토는 반사적으로 뒤를 돌

아보았다.

"뭐…… 야?"

역사를 좋아했던 것은 아니었지만, 그래도 지금 눈앞에 있는 인물이 어떤 모습이라는 것 정도는 알 수 있었다.

"……히카루 겐지?"

그 소설 속 삽화와 똑같고, 역사 교과서에서도 본 적이 있는, 헤이안 시대의 복장을 갖춘 남자가 압도적인 오오라를 내뿜으며 서 있었다.

* * *

만월의 밤.

코요의 품속으로 홀연히 내려온 아이는 살아 있었지만, 바로 깨어나지는 않았다.

다음 날 입궁한 의원은 외상도 없고 심장도 힘차게 뛰니 심려 놓으시라는 소견을 고했다.

선대부터 천황가를 섬겨온 의사의 말이니 틀림없겠지만, 코요는 한시라도 빨리 깨어난 모습을 보고 싶었다.

궁녀들이 답답해 보이는 괴상한 옷을 벗기고 난 다음에 그 아이가 소년이라고 고했다.

곱상한 외모 때문에 여자아이인 줄 알았던 코요는 잠시

놀랐지만, 천인에게 성별이 무엇이든 아무 의미 없는 것이 아닐까 생각했다.

깨어날 때까지 곁을 지키고 싶었으나 천황으로서 매일 살펴야 할 정무가 산더미처럼 쌓여 있었으므로 가장 믿을 만한 궁녀에게 잘 지켜보라고 일러두었다.

날이 저물어가는데도 소년은 여태 눈을 뜨지 않았다.

천황이라는 자리에 오른 뒤로 아무리 깊은 관계인 자라도 절대 들이지 않았던 자신의 처소에 잠들어 있는 신비한 소년.

어젯밤은 그 가녀린 몸 곁에서 잤다.

지금까지 안았던 많은 여인들과 달리 부드러운 가슴도, 아름답고 긴 머리칼도 없었으나, 소년은 분 냄새가 아닌 은은한 향기가 났다. 총애를 노리는 여자들의 요란한 화장에 넌더리가 난 코요가 소년에게 호감을 품기에는 그것 만으로도 충분했다.

떠도는 풍문으로 호색한들 중에 동성인 남자와 동침하는 자도 있다더니, 설마 내가 마음이 동할 줄이야.

애초에 그날 밤의 일은 꿈이나 환상이라고 생각했지만, 오늘 아침에 일어나 보니 소년이 옆에서 쌔근쌔근 자고 있었다.

역시 이 소년은 하늘이 내게 주신 것이다.

짐작은 확신으로 바뀌었다. 정무를 마무리한 코요는 다시 소년의 얼굴을 보기 위해 광려전으로 향했다. 광려전으로 이어진 복도에 접어들었을 때, 뜻밖에 어수선한 기척을 들었다.

'무슨 일이 생긴 겐가?'

코요가 기거하는 광려전.

'지금은 내가 정무로 자리를 비운 터라 조용할 터이거늘 어찌 이리 소란스럽단 말이냐.'

코요는 눈살을 찌푸렸다.

하지만 곧이어 그 소년의 모습이 머릿속에 떠올랐다. 설마 소년의 신변에 무슨 일이 생긴 것일까 하는 나쁜 예감이 스쳐 지나가 자연히 잰걸음으로 복도를 건넜다. 그 뒤를 따르는 장인(藏人, 기밀문서나 천황이 쓰는 도구를 보관하는 납전을 관리하는 장인소에서 일하는 관리)이나 호위를 담당하는 근위 무사들도 덩달아 서둘렀으나, 그 이유가 정체 모를 소년 때문이라고는 생각지도 못했을 것이다.

"폐하."

잠시 뒤 평소 침착한 궁녀 마츠카제(松風)가 보기 드물게 허둥대며 달려왔다.

"손님께서!"

'역시 그 소년에게 무슨 일이 생겼구나.'

궁녀의 외마디에 코요가 노기를 띠자 마츠카제는 안쪽을 가리키며 빠른 어조로 말을 이어갔다.

"별안간 소리를 지르시더니 정원 쪽으로 뛰어나가셨사옵니다."

"정원에?"

"바로 근처에 있는 근위무사에게 뒤를 쫓으라 하였사온데…… 폐하, 어딜 가시옵니까!"

마츠카제의 말이 채 끝나기도 전에 코요는 건널복도에서 뛰어내려 정원으로 달리기 시작했다.

'눈을 떴단 말인가.'

자신이 가장 먼저 그 눈을 보지 못한 것은 안타까웠으나 의원의 말대로 목숨이 위태로울 정도로 깊은 병환은 아니었음에 안도했다. 그러나 그 소년이 갑자기 정원으로 뛰쳐나간 이유는 도무지 알 수 없었다.

아무튼 무사한 모습을 한시바삐 확인하고 싶어서 마츠카제가 가리킨 곳으로 향하자 건널복도 앞 정원에 근위무사 몇몇이 서 있었다. 소년의 안전을 생각해 나카츠카사에게 배치시키라 지시한 자들이다.

키가 크고 체격이 건장한 근위무사들의 그림자 사이로 흰 물체가 보였다.

"웬 소란이냐!"

코요의 등장에 남자들이 일제히 뒤를 돌아 제자리에 한쪽 무릎을 꿇었다. 시야가 열리면서 그 흰 물체의 정체가 드러났다.

'저 모습을 하고 나온 것인가.'

새하얀 침의로 몸을 감싼 소년은 바닥에 주저앉은 상태로 이쪽을 바라보고 있었다. 살갗이 희고 몸집이 작은 것이 흡사 토끼 같았다. 근위무사에 둘러싸인 광경이 맹수에게 몰린 가련한 먹잇감인 듯 보여, 코요는 저도 모르게 근위무사들을 매섭게 노려보았다.

"폐하."

그 즉시 손에 든 칼이나 활을 내려놓은 근위무사들로부터 시선을 거둔 코요는 가만히 이쪽을 응시하는 소년을 향해 걸음을 옮겼다. 신발도 신지 않고 버선발로 정원에 내려온 모양새에 장인이 등 뒤에서 무어라 말하고 있었지만, 코요의 귀에는 아무것도 들리지 않았다. 오직 눈앞의 소년만 바라보고 있었다.

가까이 다가갈수록 소년의 커다란 눈망울이 동그랗게 커졌고, 얼굴에 놀란 기색이 역력하다는 것을 알 수 있었다. 어리다는 생각에 미소를 지은 코요의 귀에 듣기 좋은 목소리가 닿았다.

"……히카루 겐지?"

"……"

외모 그대로의 귀여운 목소리가 흘린 것은 보지도 알지도 못하는 생소한 자의 이름. 코요는 눈살을 찌푸렸다.

'나를 누구와 착각하는 것이냐?'

하늘의 자손인 천황의 용안을 궁 밖 아랫것들이 알 턱이 없었다. 그래도 다른 자로 착각할 만한 외모는 아니라고 자부하고 있었다.

그런 자신을 다른 자와 혼동한다는 것이 아주 불쾌했다.

"어디에 가려는 것이냐."

자연히 근엄하게 추궁하는 말투가 되었고, 그 기미를 느낀 소년은 어깨를 바들바들 떨면서 뒤로 물러났다. 두려움보다는 말 그대로 공포가 뒤엉킨 얼굴을 보고 코요는 곧바로 말을 덧붙였다.

"미안하구나."

곰곰이 생각해 보면 하늘에서 내려온 아이다. 이 시대의 천황인 자신을 모르는 것도 어쩔 수 없는 일이었고, 일일이 따지는 것도 점잖지 못한 행동 같아 마음을 고쳐먹었다.

"나는 광려전의 주인이자 이 세상을 통치하는 현세의 천황, 코요다."

다만 얼굴은 모르더라도 이름을 듣거나, 천황만 입는 것이 허락되는 황갈색 포(천황의 상의)를 보면 코요가 천황이

라는 걸 짐작할 수 있을 터였다.

"천…… 황?"

그런데도 신기하다는 듯 웅얼대는 목소리에 정말 아무것도 모른다는 울림이 섞여 있었다.

평상시 같으면 불경하다며 화를 내야 마땅하겠지만, 어쩐 일인지 이 소년에게는 그런 감정이 일지 않았다.

코요는 소년에게 되도록 자상하게 물었다.

"네 이름이 무엇이냐?"

'황자와 비슷한 또래인가?'

용모는 당연히 여덟 살인 아이와 달랐으나 감도는 분위기가 맑다고 해야 할까… 아이처럼 순수했다.

언뜻 열두세 살 정도로 보이기도 했다. 곧 성인식을 치를 나이로도 보이지만 그런 것치고는 세속의 때가 묻지 않은 느낌이 들었다.

"이름은?"

바로 대답하지 않는 소년에게 한 번 더 물었다.

"코미야… 치… 사토."

귀에 부드럽게 감기는 이름이다.

"코미야 치사토? 치사토가 이름이더냐."

"여, 여기는… 제가 왜 이런 곳에 있는 거죠?"

"치사토?"

"여긴 어디냐고요?!"

치사토가 갑자기 소리를 질렀다. 아무래도 자신이 어떤 상황에 처한 건지 전혀 모르는 모양이었다.

그것이 단순히 혼란스러운 탓인지, 어떤지 겉으로 보기에는 가늠할 수 없었지만, 잠옷 차림으로 이곳에 있다가는 감기에 걸릴지도 모를 일이었다.

무엇보다 말려 올라간 옷자락 사이로 드러난 하얀 다리를 보고 난잡한 생각을 품는 자가 생겨날 것도 걱정이었다.

재빨리 결단을 내린 코요는 그대로 몸을 숙여 치사토를 안아 들었다. 생각했던 것보다 훨씬 가벼운 몸이 품에 쏙 들어왔다.

"뭐, 뭐예요?"

"침전에 돌아가자."

"네? 어, 어디?"

"네가 깨어났을 때 있었던 곳이다. 그곳은 나와 내가 허락한 소수만이 들어올 수 있다. 그쪽이 너도 마음이 편하지 않겠느냐."

먼저 더러워진 발을 깨끗하게 씻겨야겠다고 생각한 코요는 건널복도 위에서 상황을 지켜보던 마츠카제를 부르려 했다.

"이거 놔!"

하지만 치사토는 무슨 생각에서인지 심하게 버둥거리며 코요의 품에서 벗어나려고 안간힘을 썼다. 지금까지 거부당한 적이 없었던 코요는 치사토의 언동을 의아하게 여겼으나 가는 팔을 휘젓는 저항은 사소한 것에 지나지 않았다.

정무에 쫓기면서도 하루하루 단련을 게을리 하지 않았던 코요는 생떼를 부리는 치사토를 거뜬히 고쳐 안고 타일렀다.

"얌전히 있거라."

"……윽."

그러자 어이가 없다고 말하고 싶은 듯한 날카로운 눈초리가 돌아왔다.

선대 천황의 장자로 태어나 지금까지 극소수의 정적을 제외하고 이렇게 반항적인 태도를 보인 자는 아무도 없었다. 신하를 포함해 주위에 있는 모든 자들이 자신을 경애하고 한편으로는 두려움의 대상으로 떠받드는 것을 당연하다 여겼는데 이런 식으로 솔직한 감정을 보는 것도 꽤나 신선한 경험이었다.

"맞다."

문득 치사토가 동요한 듯 혼잣말을 하더니 다급히 얼굴을 만졌다.

"내 안경!"

"안경?"

"이상하다? 왜 잘 보이지? 눈까지 이상해진 걸까?"

무슨 말을 하는지 도통 알 수 없었지만, 무슨 연유에선지 아까보다 동요하고 있는 듯 치사토는 무의식중에 코요의 옷을 꽉 붙잡았다.

지금까지 품속에서 도망가려고 온 힘을 다해 몸부림치던 치사토의 손이 옷을 움켜쥔 채 떨리고 있었다. 코요는 안심시킬 생각으로 치사토를 안은 팔에 힘을 주었다.

"치사토, 나를 믿어다오."

"……"

"하늘에서 보낸 너를 아끼겠다 맹세하노라."

이런 일은 그 어떤 천황도 경험하지 못했을 것이다. 이 시대의 천황인 자신 앞에 하늘이 치사토를 보냈다는 것은 무엇인가 커다란 의미가 있으리라.

"……아니야."

그러자 가녀린 목소리가 코요의 말을 가로막았다.

"난 그냥 학생에 지긋지긋할 정도로… 평범한 인간이야……."

생경한 단어가 거듭 치사토의 입에서 흘러나왔다. 모르는 것이 미치도록 답답해서 코요는 막 알게 된 이름을 불렀다.

"치사토."

"정말로 지긋지긋할 정도로……."

"무슨 소리를 하는 것이냐. 나는 너만큼 맑고 사랑스러운 자는 보지 못했다."

"거짓말!"

"거짓말이 아니니라."

얼굴의 생김새가 아름다운 자는 주위에 많다.

세상 사람들 가운데 가장 높은 위치인 천황이라는 입장인 코요는 원하기만 하면 얼마든지 미인을 손에 넣을 수 있었다.

그런 코요의 눈에도 치사토의 용모는 뛰어났다.

아름답다기보다, 흘러나오는 신비함과 분위기가 이제까지의 다른 미인들의 존재를 깨끗하게 지워 버릴 정도였다.

"네가 뭐라 해도, 네가 하늘에서 내려오는 광경을 이 눈으로 똑똑히 보았다. 그래서 너를 하늘의 사자로 여겼거늘 무엇이 잘못되었단 말이냐."

"……."

"네가 어떤 존재든 내 앞에 나타난 데는 의미가 있을 것이다."

'그것이 하늘의 뜻이다.'

"치사토, 네가 무엇을 두려워하는지 모르겠으나 이 광려전에 있는 한 내 명이 미치지 않는 곳이 없으니 안심하거라. 그리고 내 이야기를 들어줬으면 좋겠구나."

치사토를 발견한 밤, 죽마고우이자 좌근위대장인 나카츠카사가 했던 말이 코요의 뇌리에 남아 있었다.

그때도 묘안을 떠올렸다 생각했는데 이렇게 깨어난 치사토를 앞에 두니 다시금 그 생각이 강하게 굳어지는 것을 느꼈다.

'새 황후는 하늘의 사자인 치사토 외에는 생각할 수 없다.'

"괜찮겠지?"

안아 올린 품속에서 치사토는 복잡한 표정을 짓고 있었다.

치사토에게 처음 만난 인간을 믿는다는 행위는 도박에 가까운 모험이겠지만, 그래도 코요는 치사토의 대답을 들을 마음이 털끝만큼도 없었다.

*　　　*　　　*

"조금 진정되었느냐?"

"……"

'이런 이상한 곳에 있는데 진정될 리가 없잖아……'

속으로는 한마디 쏘아주고 싶었으나 간신히 말을 삼키고 고개를 작게 끄덕였다.

어느샌가 남자의 말에 어물쩍 넘어가서 애써 도망친 곳으로 다시 돌아오고 말았다.

깨어났던 다다미 위에 내려놓고 누워 있으라 하지만, 낯선 상대가 눈앞에 있는데 무방비한 상태로 있을 수가 없었다.

치사토는 일어나 반듯하게 앉아서 다시 한 번 천천히 주변을 살펴보았다.

'역시 이 방은…….'

아무리 봐도 이 방은 현대의, 그러니까 치사토가 살던 시대의 장식과 딴판이다.

실제로 본 적은 없었지만, 교과서에 실린 삽화나 창고에서 본 책과 흡사한 여러 가지 장식에 내심 어떻게 반응해야 좋을지 갈피를 잡을 수 없었다.

전부 영화 세트기를 바라지만, 아무리 영화 세트라도 이렇게 세세한 장식까지 갖추기는 어려울 것 같았다.

아니, 아까 도망칠 때 본 하늘의 높이는 이곳이 세트 안이라는 치사토의 소박한 바람을 이미 깨끗이 지워 버렸다.

애초에 안경 없이 이만큼 보일 리가……. 치사토는 눈을 내리깔고 제 손을 쳐다봤다. 원인 모를 약시가 좋아진 이유가 이 이상한 세계에 왔기 때문이라면 평생 그 두꺼운 안경을 끼는 편이 나았다.

땅이 꺼져라 한숨을 내쉰 치사토는 눈앞에 앉아 있는 남자를 흘끗 보았다.

'이 사람의 모습은… 맞아, 그거야.'

교과서에 실린 헤이안 시대의 복장을 정확히 기억하고 있지는 않지만, 머리에 쓴 호화로운 금색 관도 그렇고, 손에 든 커다란 부채도 그렇고, 아무리 봐도 무대 의상 같은 것이 아닌데다 남자에게 썩 잘 어울렸다.

'진짜 꿈 아닌가……?'

창고 안에서 정신을 잃고 깨어났더니 옛날 일본. 그래, 고리타분하고 딱딱한 말투지만 상대방이 일본어를 쓰고 있는 걸 보면 일본이 확실하다. 설마 만화처럼 어느샌가 외국어가 트인 상황이 아니라면 말이다.

그러나 옷이나 분위기로 보기엔 치사토가 알고 있는 헤이안 시대가 맞는데 코요라는 천황의 이름은 난생처음 들었다.

역대 천황의 이름을 전부 외우고 있는 것은 아니었지만, 어딘지 모르게 다르다는 것이 피부로 느껴졌다.

"아까 말했듯이 나는 코요. 이 세상을 다스리는 천황이다."

치사토의 시선을 느꼈는지 남자가 먼저 말문을 열었다.

'이 이상 말하기 전에 먼저 근본적인 것부터 들어야겠어.'

치사토는 바로 남자의 말을 잘랐다.

"저, 저기."

"말해보거라."

"지금이 헤이안 시대인가요?"

말도 안 되는 소리라는 건 안다. 그래도 만에 하나 과거로 타임 슬립한 것이라면……. 그런 상상을 하면서 묻는 치사토를 보며 남자는 의아한 표정을 지었다.

"헤이안 시대?"

"그, 그래요."

"그것은 무슨 의미이더냐?"

"의미라니… 지금이 무슨 시대인지 알고 싶을 뿐이에요. '폐하'라고 불리는 건 천황을 말하는 건가요?"

"무슨 말을 하는지 모르겠으나 천황은 이 '일국[日の國]'의 정점에 선 자다. 내 위에는 아무도 없다. 그런 연유로 지금 시대를 '코요의 시대'라고 부른다."

"코요의 시대……."

'그런 시대가 있었나……?'

단지 치사토의 공부가 모자란 탓에 모를 뿐이고, 헤이안 시대에 그런 이름의 천황이 있었을 가능성도 부정할 수 없었다.

"치사토?"

깊게 울리는 목소리가 치사토의 이름을 불렀다.

스스로를 천황이라 칭한 남자는 치사토보다 열 살가량 연상으로 보였다. 서늘한 외모는 치사토가 보기에도 수려했고, 키도 머리 하나만큼 큰 데다, 보기보다 근육질인지 치사토를 거뜬히 안아 올린 걸 보면 시쳇말로 꽃미남 부류였다.

다만 다른 남자들에게 보였던 날카로운 눈빛이 위력적이어서 무서웠고, 한편으로는 자신감 넘치는 말과 행동이 어쩐지 아니꼬웠다.

허락하지 않았는데 제멋대로 '치사토'라고 이름만 부르는 것도 달갑지 않았다. 부모님과 친한 몇몇 사람이 부르는 것과는 조금 다르게 들리는 이유는 '千里'라는 한자를 가르쳐 주지 않았기 때문이겠지만, 어쩐지 그것을 지적하는 것도 분해서 잠자코 있었다.

"어찌 그러느냐?"

자신을 코요라고 소개한 남자가 부드럽게 물었다. 어떤 남자인지 전혀 모르는 상황이었지만, 지금 치사토를 도와줄 수 있는 사람은 이 남자뿐이라는 걸 직감했다.

"믿기… 믿기 어렵겠지만, 난 여기 이 시대의 인간이 아니에요."

"알고 있다."

"네?"

어떻게 시작해야 하나 망설이면서 꺼낸 말이었는데 코요는 순순히 받아들였다. 너무 싱거운 반응에 치사토가 도리어 당황했다.

"너는 하늘이 보낸 천인일 것이다."

"……네?"

'무슨 소릴 하는 거야, 이 사람……?'

하지만 다음에 이어진 코요의 말은 하늘이니 천인이니, 헤이세이(平成, 일본의 연호. 1989~현재) 시대에 사는 치사토와 아예 차원이 다른 이야기였다. 그렇지 않아도 영문도 모른 채 이런 곳에 와버렸는데, 한술 더 떠 뜻 모를 소리만 들으니 당혹스러웠다.

"돌아가고 싶어요."

이런 곳에서 한시라도 빨리 돌아가고 싶어서 치사토는 화내듯 코요에게 따졌다.

"난 이 세계 인간이 아니라고요. 믿기 힘들겠지만 헤이세이라는 시대에 사는 학생이에요. 나도 모르는 사이에 이런 곳에 와버렸고… 그러니까 원래 세계에 돌아가고 싶어요."

"……."

"당신, 높은 사람 맞죠? 천황에 대해 배웠는데 엄청난 권력을 갖고 있다면서요. 그렇다면 나를 원래 세계로 돌려보낼 방법도 분명히 알고 있겠죠?"

어느샌가 치사토는 평소의 비굴함을 숨기려는 듯 일부러 잘라 말하고 있었다.

＊　　　＊　　　＊

소년, 치사토는 한껏 허세를 부리며 코요에게 맞섰다. 그러나 그것은 신하의 허울을 뒤집어 쓴 교활한 정적을 상대할 때와는 정반대로 어딘지 아기고양이의 재롱을 보는 것마냥 마음이 흐뭇했다.

말투는 도전적이었으나 눈동자는 겁에 질린 불균형한 모습이 그렇게 보였는지도 모른다.

"……."

치사토의 시선이 이따금씩 바깥에 대기하고 있는 호위무사들을 향했다. 눈에서 감추지 못한 두려움이 엿보였다.

천황인 자신을 지킬 임무가 있는 그들은 당연한 듯 그곳에 대기하며, 난데없이 나타난 치사토를 경계하고 있는 것이다.

그러나 코요는 치사토를 이질적인 존재라고는 생각했으나, 위험하다고는 여기지 않았다.

안아 올렸을 때 느꼈던 몸의 근육과 부드러운 손바닥은, 이자가 자객으로 훈련을 받았다고 도저히 생각할 수 없었다.

오히려 길 잃은 아이 같은 표정이 코요의 보호본능을 한없이 자극했다.

'……외모와 다른 점도 흥미롭구나.'

언뜻 얌전하고 귀여운 소년처럼 보이지만, 허세로 가장해 퉁명스럽게 대꾸하는 모습이 좋았다.

코요는 책상다리를 하고 앉아 한 손으로 턱을 괸 채 치사토를 지그시 바라보았다.

'이제… 어찌할꼬.'

사실 보호해 주겠다는 조건으로 자신의 바람을 들어달라고 구슬릴 참이었다.

하지만 눈앞의 소년은 생각했던 것 이상으로 다루기 어려울 듯 했다.

"치사토."

"왜, 왜요?"

"천황인 나도 불가능한 일이 있느니라."

"도, 돌아갈 수 없나요?"

치사토의 얼굴에 금세 불안한 기색이 드러났지만, 코요는 짐짓 모른 체하며 말을 이어갔다.

"하나 네가 나타난 때와 똑같은 상황을 만들어줄 수는 있다."

그것은 코요만이 가능한 일이다.

"네가 나타난 때는 만월의 밤, 안쪽 정원에 홀연히 내려왔다. 네가 말하는 헤이세이라는 시대로 돌아갈 수 있을지 어떨지는 다음 만월까지 기다리는 수밖에 없을 듯싶구나."

치사토가 말하는 헤이세이라는 시대는 어쩌면 하늘의 별칭일지도 모른다.

치사토가 하늘에 돌아가기를 바란다면 들어주는 것이 지상인의 소임이겠지만, 코요는 모처럼 자신의 수중에 떨어진 존재를 순순히 놓아줄 생각이 없었다.

"다음……."

"그날까지 너는 어찌할 테냐. 이 시대에는 잘 곳도 먹을 것도 부탁할 이가 없겠지? 나 이외에는."

코요는 입가를 끌어올려 웃었다. 그 표정에 치사토는 다시 눈썹을 찡그렸다. 그것을 본 코요의 입꼬리가 더욱 올라갔다.

"네가 돌아갈 때까지 부족함 없이 돌봐주마. 물론 그 대가는 톡톡히 받을 것이다."

처음에는 이렇게 말할 생각이 아니었다.

연약한 치사토를 아무런 대가 없이 보살펴 주겠노라 마음먹고 있었다. 천황이라는 지위에 있어 아이 한둘 거두는 일이야 아무것도 아니었다.

코요의 행동에 잠견할 존재는 지금 시섬에서는 아무도 없었다.

'치사토, 네가 나쁘다.'

하지만 치사토와 대화를 나눠보니 보기와 달리 당돌하고, 보호해 주고 싶은 욕구를 불러일으키는 동시에, 어딘지 모르게 괴롭혀서 울리고 싶은 구석이 있었다. 이러한 기분이 들게 만드는 치사토이기에 자신의 생각을 바꾸어놓고 만 것이다.

"어찌할 테냐."

입술을 앙다문 치사토를 보니 코요는 사냥감을 서서히 몰아가는 듯한 기분이 들었다.

"대령했사옵니다."

때마침 말소리가 들렸다.

종일 잠들어 있던 치사토가 배고플까 봐 식사를 준비시킨 것인데 코요와 단둘만 있는 상황에 긴장한 치사토의 기분을 풀어주는 효과도 있었던 모양이다.

"치사토."

"왜, 왜요?"

앞에 놓인 소반에 시선을 빼앗기고 있던 치사토가 당황해서 이쪽을 노려보았다.

눈을 암팡지게 치켜뜬 것이 제 딴에 죽을힘을 다해 위협하는 것이겠지만, 코요가 보기에는 가소로울 따름이었다.

치사토의 어색한 저항에 영락없는 아이라고 쓴웃음을 지으며 코요가 말했다.

"다 먹으면 같이 갈 데가 있다."

"어디를……."

"너를 대신에게 보일 것이다."

"대, 대신?"

때마침 지금은 나라의 큰 제사도 없고, 정사를 관장하는 대신들도 한가한 시기다.

그렇기 때문에 코요의 혼담이 불거진 것이겠지만, 이런 때야말로 폭탄을 떨어뜨리기에도 최적일 것이다.

조금 전에 측근인 태정대신(太政大臣)에게 입궁하라는 전갈을 넣었다.

치사토가 식사를 마칠 무렵에는 도착하겠지만, 더 이르게 온다고 해도 기다리게 하면 된다.

지금의 코요에게 최우선 순위는 치사토였다.

"싫……."

"싫다고는 하지 말아다오."

방금 전 누구를 의지해야 할지 운운하던 말을 기억하고 있었던 걸까, 치사토는 말을 꺼내려다 말고 입을 꾹 다물었다.

아무래도 식욕마저 사라져 버린 모양이었지만, 지나치게 괴롭혀서 쇠약해지게 만들고 싶지는 않았다.

"자, 어서 들거라."

일단 지금은 자신이 우세한 위치임은 분명했다.

치사토가 머뭇거리는 사이에 얼른 이야기를 마무리 지으려고, 코요는 웃음기 가득한 입가를 치사토에게 들키지 않도록 슬며시 부채로 가렸다.

"폐하께서는 어떤 심경의 변화가 있으시어 소신을 찾으셨습니까?"

"그대의 얼굴이 보고 싶었다면… 믿으시겠는가?"

"오늘 아침은 정무도 뜻대로 되지 않으신 듯합니다. 마음 쓰시는 무엇이 있다는 소식을 듣고 드디어 폐하께도 봄이 찾아왔구나 싶어 기뻤사온데… 이번에 그 말씀을 하시려 하십니까?"

"……."

'한마디도 그냥 넘어가는 법이 없구나. 한시도 방심할 수 없는 녀석이다.'

코요는 광려전으로 은밀히 부른 태정대신 하기노(萩野)를 앞에 두고 한숨이 새어나올 세라 은근슬쩍 부채로 입가를 가렸다.

올해 마흔두 살인 하기노는 선대 천황이 붕어할 당시 좌대신(左大臣)이었다.

코요가 즉위한 뒤 젊은 하기노를 최고 관직인 태정대신으로 밀어붙였을 때는 반대하는 목소리가 빗발쳤다. 그러나 천황인 코요의 명은 절대적인 것이었으므로, 하기노는 마흔에 갓 접어든 나이로 천황에 버금가는 권력을 쥐게 되었다.

그때 내렸던 결단을 코요는 틀리지 않았다고 굳게 믿고 있었다.

"소신을 부르신 길 보니 이제 결단을 내리셨습니까?"

"정사 때문이라고는 생각지 않소?"

"폐하의 수완이 훌륭하시니 문제가 생길 리 있겠습니까."

비꼬는 듯한 그 언사에 코요는 쓴웃음을 흘리고 말았다.

"가당치 않소."

젊은 나이임에도 하기노의 정치 수완은 매우 노련해서

코요도 안심하고 국사를 맡길 만한 인물이었고, 코요의 사생활에 관해서도 상당히 너그러웠다. 다른 대신들과 다르게 코요에게 새 황후를 맞으라며 성가시게 하지도 않았고, 직접 중매를 서는 일도 없었다.

그래도 가끔씩은 지금 이대로라도 괜찮은지 확인하듯 묻곤 했다.

돌아가신 부친보다 나이는 어리나, 자신을 염려하는 마음이 묻어나는 말에 지금은 코요도 부친 대신이라고 할 만한 하기노의 진언만큼은 한 귀로 흘려듣지 못했다.

"적어도 황자 한 분은 더 얻으셔야 합니다."

"황후님의 자리를 언제까지고 비워둘 수는 없습니다."

시끄러운 주변과는 선을 긋는 이 인물을 아군으로 삼으면 마음이 놓이므로, 코요는 하기노를 공범으로 만들기 위해 모든 사실을 털어놓기로 결심했다.

"폐하."

그때 궁녀 한 사람이 모습을 드러냈다.

"준비를 마쳤사옵니다."

"알았다."

발 너머로 옷자락이 끌리는 소리가 들렸다. 하기노도 기척을 느낀 듯 시선을 돌리려 했으나 '그 전에,' 라며 코요가 운을 뗐다.

"하기노."

코요가 눈짓으로 신호를 보내자 하기노가 가까이 스윽 다가왔다.

코요는 건널복도에서 대기하는 친위대의 근위무사와 궁녀들에게 들리지 않도록 목소리를 낮추어 하기노의 귓가에 소곤거렸다.

"그대에게 보여줄 자가 있소이다."

"그렇습니까."

"새 황후요."

"폐하?"

새로운 여어를 들이는 게 아니고 갑자기 황후를 맞이하겠다는 말에 과연 하기노의 눈이 휘둥그레졌다. 언제나 여유 있는 신하를 놀라게 하는 것도 재미있다고 생각하면서 코요는 발 너머로 누군가를 불렀다.

"치사토, 나오거라."

* * *

식사는 다행히 잘 지은 쌀밥과 국, 그리고 말린 생선에 익힌 야채였다.

조심스럽게 입에 넣어보자 조금 식기는 했어도 먹지 못할 정도는 아니었다.

다만 으레 있어야 할 단맛, 짠맛, 신맛 같은 맛의 종류가 꽤 적고 그냥 진하기만 했다.

'헤이안 시대는 이런 것을 먹었구나……. 하기는 헤이안 시대라고 단정할 수도 없지.'

머릿속이 뒤죽박죽 엉킨 것 같았다.

이렇게 된 이상 이곳이 헤이안 시대든 전혀 다른 세계든 치사토에게는 큰 차이가 없었다. 아무튼 돌아가고 싶다…… 는 생각으로 머릿속이 꽉 찼다.

"…햄버거 먹고 싶다."

입 밖에 꺼내자 그것이 절대로 실현 불가능한 일이라는 게 새삼 다가와 우울해졌다.

결국 배는 고픈데 식욕은 뚝 떨어져서 먹는 둥 마는 둥 젓가락을 내려놓았다.

"벌써 다 드셨사옵니까?"

"……네."

말을 걸어온 것은, 치사토가 깨어났을 때 곁에 있던 여자였다.

바닥까지 끌리는 긴 머리에 겹겹이 걸친 기모노. 그 사이로 엿보이는 붉은 하카마를 봐도 더는 놀랍지 않았다.

"얼마 드시지 않은 듯하온데 몸이 불편하시옵니까?"

"……."

여자는 자신을 마츠카제라고 소개했다.

코요를 섬기던 궁녀였지만, 그의 명으로 치사토를 곁에서 모시게 되었다고 인사했다.

이십대 중반에, 가까이에서 보면 생각보다 옅은 화장을 한 미인이다.

그녀는 치사토를 걱정하며 말을 붙여주었다. 하지만 도저히 솔직한 대답이 나오지 않았다.

그런 치사토를 보며 무슨 생각을 한 건지 마츠카제는 다른 여인을 불러 상을 물리게 하더니, 이제 옷을 갈아입어야 한다고 말했다.

아무래도 지금 입고 있는 옷은 잠옷인 듯 했다.

"저, 저기, 내가 입었던 옷이 있는데."

이곳에 왔을 때 입었던 옷은 어디로 간 걸까? 내가 살던 세계의 유일한 증거라고 애를 태우며 묻자, 마츠카제는 온화한 목소리로 '있사옵니다'라고 대답했다.

"하오나 지금은 폐하께옵서……."

"폐하……?"

'그, 그 남자?'

오갈 데 없는 치사토의 처지를 이용해 무언가를 꾸미는 남자.

이 세계에서 제일 높은 사람이라고는 하지만, 치사토에게는 그저 오만하고 제멋대로인 남자에 불과했다.

'쳇, 됐다고! 그나저나 옷을 빨리 돌려받지 않으면 버릴지도 몰라.'

마츠카제는 마음을 졸이는 치사토 앞에 다른 여자가 들고 온 옻칠 상자를 쓱 밀면서 살며시 웃어 보였다.

"처음에는 남자 옷을 준비하려 했사온데 폐하께옵서 다른 분의 손이 닿은 것을 입히지 말라 이르셨기에……."

"……."

상자를 보자 불길한 예감이 들었다. 기모노에 관해서 잘 알지는 못하지만, 남자용 기모노가 이렇게 화려할 리 없었다.

"다행히도 황후님이 아직 입지 않으신 것이 있어서 가져왔나이다. 다들 이쪽으로."

"자, 잠깐만!"

마츠카제의 말을 신호로 여자 몇 명이 치사토를 에워쌌다. 마츠카제와 똑같은 모습을 하고, 그녀보다 조금 어린 여자들이었다.

"가만 계시옵소서."

"헉, 이, 이봐요!"

손들이 한꺼번에 몸을 더듬자 치사토는 당황해서 막으려고 했다.

하지만 코요라면 모를까 여자를 힘으로 밀쳐낼 수는 없었다.

'뭐야, 이건~!'

극심한 수치심과 싸우면서도, 치사토는 결국 그녀들과 비슷한 기모노 차림이 되고 말았다.

'무거워……'

쥬니히토에(十二單)라는 단어처럼, 실제로 기모노 열두 겹을 걸친 것은 아니지만, 그것은 가녀린 치사토의 몸을 엄청난 무게로 내리눌렀다.

마츠카제를 비롯한 궁녀들이 태연한 표정으로 가뿐히 움직이고 있어서 좀더 가벼울 것이라 생각했는데 그녀들은 아무래도 익숙하기 때문인가 보다.

'이런 것을 매일 입다니 대단해.'

그때 누군가 묘하게 감탄하고 있던 치사토의 턱 끝을 들어 올렸다.

"그대로 눈을 감으시옵소서."

"뭐, 뭐하시는 겁니까?"

엉겁결에 존댓말을 쓴 치사토에게 마츠카제는 손에 든

것을 보여주었다.

"남성을 만나시려면 이대로는 아니 되옵니다."

"남, 남성?"

"무엇보다 어전에 나가실 때는 아름답게 치장하셔야 하옵니다."

무언가 근본적으로 잘못된 이야기를 들은 것 같았다.

'난 남자인데…….'

"치사토님은 살결이 희고 고우셔서 분을 옅게 칠하고 입술에 연지만 발라도 인상이 달라지실 것이옵니다."

이상하게도 즐거워 보이는 마츠카제의 설명을 네, 그런가요 하며 순순히 받아들일 수는 없었다. 치사토는 여장에 취미가 없었고, 어쩔 수 없는 분장이라면 모를까, 어쩐지 이건 묘하게…….

"이제 눈을 뜨시옵소서."

하지만 성인 여성을 대하는 데 익숙하지 않은 치사토는 결국 별다른 저항을 하지 못하고, 마치 인형놀이를 하는 것처럼 얼굴과 목덜미에 화장을 받았다.

차가운 감촉이 피부에 스칠 때마다 몸을 움찔거렸지만, 마츠카제의 손은 거침없이 움직였다.

"……끝났사옵니다."

시간이 얼마 걸리지 않았는데도 반나절이나 지난 듯 느

껴질 만큼 치사토에게는 지독한 고문이었다.

마츠카제의 묘하게 들뜬 말투도 머리를 지끈거리게 했다.

"어쩜 이리 아름다우십니까. 치사토님. 거울을 보시겠사옵니까?"

마츠카제가 거울을 내밀려 하자 치사토는 반사적으로 도리질 쳤다.

"괜, 괜찮아요."

'보나마나 괴물 같겠지.'

외모에 자신이 없는 치사토는 여장에 화장까지 한 자신의 모습을 보기가 두려웠다.

안경을 끼지 않아도 잘 보이게 되었다. 어두운 표정, 째진 눈, 작은 코, 모든 것이 적나라하게 보이면 기분이 한층 우울해질 게 뻔했다.

"저, 저기 하나만 물어도 될까요?"

그보다 내내 궁금했지만 코요에게 묻지 못했던 것이 있다.

상냥해 보이는 마츠카제라면 답을 줄 것 같아 용기를 내서 질문했다.

"네, 무엇이옵니까?"

"지금 만날 대신이란……."

이런 차림새까지 하고 만나야만 하는 상대다. 코요와는 별도로, 치사토가 원래 세계에 돌아가기 위한 힘을 빌려줄 수 있는 인물인지 어쩐지 미리 알아두고 싶었다.

"대신님 말씀이십니까? 폐하께옵서 부르신 분은 태정대신인 하기노 코세츠(降雪)님이십니다."

"태, 태정대신?"

"폐하를 제외하고 가장 지위가 높은 분입니다. 하기노님은 훌륭한 분이신데다, 아직 젊은데도 중책을 맡고 계시지요. 폐하의 좋은 의논 상대도 되어주십니다."

"······."

'······역사 좀 공부할걸.'

수업 시간에 얼핏 들었을 법한 관직 이름이었다.

더 흥미를 갖고 공부했으면, 이 상황에서 코요에게 대항하기 위해 누구의 힘이 필요한지 여러 가지 방향에서 고민할 수도 있었을 텐데.

그러나 지금의 치사토는 들어본 적 있는 단어라는 것까진 기억해 냈지만, 어떻게 행동해야 할지 뾰족한 생각이 떠오르지 않았다.

'이 모습이라는 게 싫지만······.'

"마츠카제님, 폐하께옵서 치사토님을 찾으십니다."

"알았네. 치사토님, 가시지요."

이대로 코요의 의도대로 일이 진행되는 것은 죽도록 싫었지만, 어쨌든 이 시대에서 코요에 버금가는 사람을 만나보는 것도 나쁘진 않다는 생각이 들었다.

'어차피 나를 아는 사람은 아무도 없잖아.'

치사토는 간신히 마음을 다잡고 마츠카제의 손을 빌려 비틀비틀 일어섰다.

*　　*　　*

치사토가 도착했다는 보고를 받은 코요는 하기노를 한번 쳐다본 뒤 대답했다.

"치사토, 들어오너라."

불러들였는데도 바로 그 모습이 보이지 않았다. 치사토가 자신의 말을 따르지 않으리라는 것은 예상한 바였으므로 코요는 일어서서 손수 발을 들어 올렸다.

"……호오."

'이건…….'

치사토가 남자라는 건 이미 알고 있는 사실이다. 앞으로 자신의 계략에 이용하기 위해 얼마나 완벽하게 여자가 되는지를 미리 보고 싶은 마음은 있었지만, 설마 이 정도로 나긋나긋하고 가녀린 미소녀로 변하리라고는 상상하지 못했다.

화장을 짙게 하지 않아도 피부가 하얗고, 유일하게 새빨간 입술이 묘한 욕정을 부추겼다. 목덜미를 겨우 가리던 머리칼은 솜씨 좋게 엮은 가발 덕분에 원래 제 것인 양 윤기가 흘렀다.

힘없이 고개 숙인 자태가 청순가련하고 조신해서 코요에게 대들던 때와는 사뭇 달라 보였다.

이 정도라면 코요의 의도는 충분히 효과를 발휘할 것이다.

'내 눈이 틀리지 않았군.'

"폐하, 이 여인은?"

"이름은 치사토라고 하오."

그렇게 소개하고 코요는 치사토의 손을 잡았다.

한순간 도망가고 싶었는지 그 손을 빼내려 했지만, 달아나지 못하게 작은 손을 꽉 잡고 발 안쪽으로 들여서 곁에 앉혔다.

아무래도 옷에 익숙하지 않은 모양인지 그 몸짓이 우아하다고는 도저히 말할 수 없을 만큼 어설펐고, 옷매무새도 흐트러졌다. 게다가 무엇이 불만인지 귀여운 얼굴을 내내 찌푸리고 있었다.

그 광경을 가만히 지켜보던 하기노가 무릎을 돌려 앞을

보고 마주 앉더니 이윽고 송구하오나, 라고 말문을 열었다.

"폐하, 광려전에 계신다는 뜻은 이 분도 폐하의 입장을 아시는 것입니까?"

"내가 천황인 건 알고 있소."

"그럼에도 저분의 안색이 이두워 보이고, 폐하께 선택되었다는 기쁨이 조금도 느껴지지 않습니다. 설마 어디서 억지로 데려왔다고 하시지는 않으시겠지요?"

'예리하구나.'

통찰력이 뛰어난 하기노의 말을 듣고 코요는 속으로 혀를 내둘렀다.

확실히 외양은 그럴 듯하게 꾸몄어도 본인의 표정까지 천황의 힘으로 조종하기는 어려웠다.

화장을 엷게 한 치사토는 지금까지의 무례한 언동을 모두 상쇄시킬 만큼 아름다운 여인의 모습으로 변했지만, 기꺼워하는 표정으로까지 바뀌지는 않은 것이다.

'참으로 완고하구나.'

코요는 옆에 앉은 치사토에게 눈길을 돌렸다. 그리고 무릎 위에 놓인 치사토의 손이 떨리는 것을 보았다.

긴장 때문인지, 아니면 두려움 때문인지, 치사토가 상당히 부담을 느끼고 있다는 것을 눈치챈 코요가 천천히 손을 뻗어 치사토의 두 손 위에 제 손을 포갰다.

"……윽."

흠칫 놀라서 떨림이 멈추었다는 걸 확인하고, 그대로 손을 세게 쥐었다.

여자와 다르지 않은, 고사리같이 작고 보드라운 손이다.

"총애가 깊으신 듯 보입니다."

코요가 달래고 있다는 걸 알았는지 그 모습을 보고 있던 하기노가 놀리듯 말했다.

지금까지 다른 여인들을 대했던 태도로 미루어, 놀림을 받아도 어쩔 수 없었지만, 그렇기 때문에 하기노를 잘 설득해야 했다.

"하기노, 그대를 믿고 부탁하고 싶은 일이 있소이다."

"소신에게?"

"치사토를 그대의 수양딸로 삼았으면 하오. 그 뒤에 정식으로 황후로 맞아들일 것이오."

미리 새 황후와 대면시키겠다고 언질을 주었기 때문에 놀라지는 않은 모양이다.

그러나 하기노의 눈빛이 험악해졌다. 각오했던 반응에 코요는 다시금 마음을 굳게 먹었다.

완고한 신하들에게 아무리 설명해도 실제로 하늘에서 내려온 광경을 보지 않은 이상 치사토가 하늘의 사자라는 사실을 받아들이기 힘들 것이다. 최악의 경우 코요가 미쳤다는 거짓 소문을 퍼뜨려 양위를 종용하는 빌미로 삼을지도 몰랐다.

그것보다는 신하 가운데 가장 지위가 높은 태정대신의 여식이라고 해두는 쪽이 훨씬 설득하기 쉬웠다.

"어떠하오?"

신분이 없는 자가 고귀한 가문에 시집을 갈 때 종종 유력자의 양자로 들어가곤 한다. 사생활을 철저히 감추는 하기노라면 도리어 숨겨놓은 아이가 있었다고 생각할지도 모른다.

무엇보다 하기노라면 믿을 수 있다…… 코요는 그렇게 계산하고 의논을 청한 것이다.

잠시 생각에 잠기듯 하늘을 보던 하기노가 치사토를 쓱 바라보았다.

"네 이름이 치사토… 라고 했더냐?"

하기노가 직접 대화를 걸자 치사토는 곤혹스러운 표정으로 코요를 보았다.

그 모습이 길들여지지 않은 고양이가 애교를 부리는 듯 보여 무심코 웃음을 흘린 코요는 고갯짓으로 치사토를 재촉했다.

"저자의 말에 대답하는 것이 좋을 게다."

"……"

도와주지 않을 것임을 깨달은 듯 치사토는 숨을 크게 내쉬고 나서 입을 열었다.

"코미야 치사토입니다."

여자 목소리치고는 낮지만, 그렇다고 남자 목소리로도 들리지는 않겠지.

예상대로 하기노는 치사토의 성별을 알아채지 못한 기미였다. 치사토의 비밀을 아는 자는 자신뿐이라는 우월감에 코요는 기분이 좋았다.

하지만 마냥 기분이 좋은 것만은 아니었다. 치사토의 비밀을 혼자 알고 있는 것은 기뻤으나, 앞으로 공범이 되어줄 하기노와 비밀을 공유해야 한다는 사실이 다소 아쉬웠다.

"하기노, 그대에게 미리 일러둘 것이 하나 있네."

"폐하."

"말보다 직접 보는 쪽이 빠르겠지."

하기노는 코요가 무엇을 보여줄지 궁금한 기색이었다.

'저 얼굴이 어찌 변할지 궁금하구나.'

코요는 곁에 앉은 치사토의 팔을 잡았다.

"네?"

놀란 듯 외마디를 내뱉은 치사토에게 미소를 보인 코요는 손에 힘을 주어 치사토를 제 쪽으로 끌어당겼다. 몸을 일으킬 틈도 없이 치사토는 코요의 무릎 위로 쓰러졌다.

"앗!"

색기 없는 비명을 지른 치사토를 보며 코요의 미소가 더욱 깊어졌다. 짐작은 했지만, 치사토가 이런 쪽에 경험이 없다는 걸 알아챘기 때문이다.

'다른 남자의 손길이 닿지 않은 깨끗한 상태라는 뜻이겠지.'

선대 천황 때부터 궁에 살고 있는 나이 든 여어들은 제쳐두고, 코요를 위해 입궁한 여자는 모두 남자를 모르는 순결한 몸이다. 장래 천황이 될 아이를 낳는 소임을 지닌 여자들과는 다르게 치사토는 남자였지만, 그들과 마찬가지로 자신을 위해 준비된 자라고 생각하니 기쁘기 그지없었다.

"이자의 정체다."

갑자기 코요가 뒤에서 치사토의 옷깃을 힘껏 열어젖혔다.

곱게 차려입은 예복이 순식간에 엉망진창 흐트러져, 양 어깨에서 가슴까지 고스란히 드러낸 꼴이 되고 말았다.

"……!"

"이것은……."

정면에 마주앉은 하기노에게 치사토의 납작한 가슴팍이 똑똑히 보일 것이다. 다른 남자 앞이라면 절대 하지 않을 행동이나, 부친 대신이자 절대적으로 신뢰하는 하기노에게는 이렇게까지 제 속셈을 보여줄 만큼 코요는 도움이 필요했다.

'이것으로 믿겠느냐?'

풍만한 가슴이 없다는 것은 성인 여성이 아니라는 반증이다. 치사토의 앳된 얼굴로 미루어볼 때 미성숙한 것이라 생각할 수도 있었다.

더 결정적인 증거를 보이는 쪽이 좋겠다고 판단한 코요는 갑작스러운 상황에 몸이 굳은 치사토를 바로 안아, 흐트러진 겹겹의 우치기(헤이안 시대 귀부인이 당의에 받쳐 입던 옷)를 헤치고 하카마 끈을 스르륵 풀었다.

자신이 무슨 일을 당하고 있는 것인지 인지하지 못한 듯, 치사토가 전혀 저항하지 않았기 때문에 코요는 손쉽게 하카마를 내리고 아랫도리를 발가벗겼다.

"······!"

겨우 자신이 무슨 일을 당하고 있는지 알아차린 듯, 치사토는 심하게 몸부림치며 코요의 품에서 벗어나려고 했다. 그러나 하카마가 다리에 엉켜서 제 뜻대로 되지 않는 듯했다.

"이거 놔!"

"얌전히 있거라."

"…폐하, 그자는 싫어하는 듯 보입니다."

치사토를 불쌍하게 여겼는지 하기노가 조금 강한 어조로 말렸다.

본디 여인이란 남편과 가족 이외에는 맨얼굴조차 보이지 않는 법이다. 유녀(遊女)라면 모를까 아직 아이인 치사토를 다른 사람 앞에서 욕보이는 것은 그만하시라 간곡히 부탁했다.

하지만 코요는 날뛰는 치사토의 한쪽 다리를 강하게 잡아 움직이지 못하게 한 뒤, 흐트러진 옷자락에 가려진 아랫도리를 다시 드러냈다.

"아…… 악."

"그대가 눈치챘는지 모르겠으나 치사토는 여자가 아니라 남자요."

가슴이 봉긋하지 않은 여자는 있다. 하지만 양물이 달린 여자는 없다.

코요가 볼 때 어린아이의 그것처럼 앙증맞은 물건은, 응시하는 하기노의 시선에 더 움츠러들었음이 분명했다.

'나 외에 다른 남자에게 반응할 리 없지.'

매끄러운 배를 가볍게 쓰다듬자 손 아래로 치사토의 살결에 소름이 돋는 것까지 느껴졌다.

"……진정 사내인가."

감탄한 듯 놀란 듯 하기노가 치사토의 가슴과 아랫도리를 번갈아 쳐다보면서 중얼거렸다. 그 목소리에 욕정이 섞여 있지 않음에 안도한 코요는 자신이 벗긴 히토에로 아랫도리를 가려주었다.

그와 동시에 몸을 옭아맨 팔을 풀어주자 치사토는 제자리에 맥없이 쓰러졌다. 흐트러진 옷깃을 떨리는 손으로 누르는 몸짓에서 충격이 상당하다는 건 가늠할 수 있었으나, 기껏해야 남자가 남자에게 몸을 보이는 게 뭐 그리 대수롭단 말인가?

어릴 적부터 옷 입는 것까지 궁녀들의 시중을 받아온 코요는 맨몸을 보이는 데 조금도 주저함이 없었다.

처음으로 여자를 안을 때는 행위를 지시하는 지도역 인간들에게 둘러싸여 거사를 치렀다.

여인을 상대로는 이렇게 거칠게 행동하지 않지만, 치사토는 아무리 가냘픈 몸에 귀여운 얼굴을 하고 있어도 남자인데 이렇게 당황해하는 것이 도통 이해가 가지 않았다.

'빈약한 제 몸을 한탄하지 않아도 될 터인데…….'

코요는 둥글게 몸을 웅크린 치사토의 곁에 무릎을 꿇었다.

"사내가 어찌 몸을 보이는 것 정도로 우느냐?"

"울지 않아……."

떨리는 목소리로 곧바로 반박해 왔다.

"하면 옷매무새를 가다듬고 일어나거라."

치사토가 남자임을 하기노가 인식했다면 더 이상 몸을 보이지 않아도 되었다.

"……."

"치사토."

이름을 연달아 부르자 치사토가 겨우 몸을 일으켰다.

주섬주섬 기모노를 추스르기 시작했지만, 기모노에 익숙하지 않은 탓인지 보는 쪽이 초조해질 정도로 손놀림이 서툴렀다.

코요는 이대로 두면 한없이 걸릴 것 같아서 일찌감치 단념하고 친히 매만져 주었다.

천황인 자신이 다른 사람의 옷을 직접 친히 입혀준 적은 단 한 번도 없었다.

"이 정도면 되었느냐. 나머지는 마츠카제에게 입혀달라 하여라."

"……."

그러나 치사토는 명예로운 일인데도 기쁜 기색을 보이지 않았다.

그뿐 아니라 거절하는 듯 자신의 말에 대답하지 않는 치사토에게 인상을 찡그린 코요는, 따가운 시선을 느끼고 고개를 돌렸다.

"하고 싶은 말이라도 있는 게요?"

코요와 치사토의 모습을 지켜보던 하기노는 입가에 특유의 웃음을 머금었다.

"성심을 쓰시는 모습이……."

"당연하지 않소. 치사토는 내 소중한 황후가 될 몸이오."

신하들의 결혼하라는 성화를 물리치기 위해 반드시 필요한 존재다.

"그것뿐이십니까?"

"그 외에 무엇이 있단 말이오?"

의미심장한 말의 속뜻을 생각해 보았지만, 도무지 짐작이 가지 않았다.

그러자 하기노는 눈을 내리깔고 나지막하게 웃으며 고개를 저었다.

"아니, 무엇이 있을 리 있사옵니까. 하온데 폐하, 이자가 남자라는 것은 확실히 알겠습니다. 폐하의 뜻이 그러하시다면, 남자를 황후님으로 맞으시려는 그 진의를 들려주십시오. 소신의 양자로 들이라고 이르셨으니 말입니다."

"알겠소."

하기노는 치사토가 코요의 총애를 받아 은밀히 광려전에 데려왔다고는 생각하지 않는 듯했다.

지금 치사토의 언동을 보면 그것도 당연했다.

코요는 심복이라고 할 만한 하기노에게 치사토가 하늘에서 내려왔다는 사실과 아직 치사토의 의사는 확인하지 않았다는 점을 제외하고 대부분의 진실을 털어놓았다.

지금 자신은 새로운 황후를 맞을 마음이 없다는 것.

그렇게 일렀건만 대신들이 온갖 압력을 행사하고 있다는 것.

천황이라는 지위 때문에, 어떤 여성을 선택하더라도 신분이 어지간한 여인이 아니고서야 새로운 정쟁이 일어나리라는 것을.

물론 태정대신으로서 천황에 버금가는 고위직인 하기노에게도 비슷한 문제가 전혀 없으리라고는 단정할 수 없었다.

그러나 코요는 일전에 하기노가 흘린 말을 기억하고 있었다. 지금 정실부인이 없는 하기노에게 열 살도 채 되지 않은 딸을 주겠다는 혼담이 들어왔었노라고 푸념을 늘어놓았었다.

손자뻘인 여자를 아내로 맞을 뜻은 없다고 딱 부러지게 거절한 모양이지만, 똑같은 처지라면 자신의 마음도 이해해 줄 거라 믿었다.

"치사토를 그대의 수양딸로 들인 뒤 내 황후로 맞아들이면 지금과 같은 상황은 사라질 것이라 생각하지 않소?"

태정대신의 딸이 된다면 황후로 간택하는 것에 주변도 무탈하게 수긍할 것이다.

다소 난폭한 수단이라고는 생각하나 지금 이곳에 치사토라는 존재가 있기 때문에 성립하는 계획이었다.

"황자를 생산하지 못하십니다."

"후계자는 이미 있소. 더는 다툼의 씨앗을 뿌릴 생각은 없소이다."

평소 동궁과 왕래가 드물었으나 그래도 제 자식으로서 아비 된 자의 정은 있다. 다음 대의 천황으로 정해지기는 했지만, 온갖 고초를 겪은 자신과 똑같은 일을 겪게 하고 싶진 않았다.

"하오나… 계속 이 상태로 계실 순 없습니다."

"오죽 답답했으면 이런 생각까지 했겠소."

자유롭고 싶다……. 코요는 근래 들어 그렇게 생각하는 때가 잦아졌다.

어린 나이에 황위를 이어받기가 무섭게 후계자를 재촉하는 등쌀에 못 이겨 여러 여자와 관계를 가졌다. 사랑까지는 아니어도 소중히 여기는 황후가 있는데도 말이다.

자신을 종마와 다름없다 여기면서 여인의 안에 씨를 뿌렸고, 아이가 태어났을 때는 더 이상 무리하게 여인을 안지 않아도 된다는 생각에 마음이 편해졌을 정도다.

"코토노(琴乃)가 살아 있다면 얼마나 좋을꼬."

황후가 살아 있다면 좋았을 것이라고, 이 순간에도 절실히 생각한다. 코토노가 살아 있으면 이런 번거로운 일은 하지 않아도 됐을 텐데……

'전부 제멋대로인 생각이지만.'

살아생전에도 사랑하지 않았는데, 떠나보내고 난 뒤에도 탓하는구나.

그런 자신이 잘못되어 가고 있다는 것을 코요는 어렴풋하게나마 느끼기 시작했다.

*　　　*　　　*

대신이라는 남자는 상상했던 것보다 젊고 아버지보다 몇 살 연상인 중년으로 보였다. 도와주려는 듯한 하는 기색도 있었으나 속으로는 무슨 생각을 하고 있는지는 생각하고 싶지 않았다.

당장에라도 뛰쳐나가고 싶은 심정에 시선을 피했는데, 갑자기 코요에게 끌려들어가 기모노를 풀어헤치져 가슴과, 하필이면 아랫도리까지 내보인 수모를 겪었다. 노출에 취미가 없는 치사토에게 이것은 충격이라는 단어를 넘어서는 충격이었다.

'이 남자, 대체 뭐야!'

제멋대로 기모노를 입히고.

제멋대로 화장을 시키고.

강제로 낯선 남자 앞에 끌고 가서 맨살을 내보이게 한 남자.

치사토는 이루 말할 수 없는 분노가 치밀었지만, 지금은 그저 제 몸을 누군가의 눈으로부터 감추고 싶어서 몸을 조그맣게 웅크리고 있을 뿐이었다.

남자라서 아무렇지 않은 게 아니다. 아니, 오히려 여장을 한 탓인지 수치심과 공포가 한꺼번에 밀려왔다.

'대체 무슨 생각인 거야……'

실제로 짧은 시간이었겠지만, 억센 손길에서 해방된 뒤에도 치사토는 몸이 말을 듣지 않아서, 강제로 기모노를 입혀져 다시 억지로 코요 곁에 앉았다.

코요는 눈앞의 이 남자에게 치사토를 수양딸로 삼으라고 했다.

이제 막 만났을 뿐인, 어떤 남자인지도 모르는 인물의 양자가 되라니 대체 무슨 생각을 하고 있는 건지 그 머릿속이 궁금했다.

'이유도 모르고 의지할 만한 사람도 없지만… 아무리 그

렇다고 해도 이 자식을 믿는 게 아니었어……!'

오만한 말투 이상으로, 무슨 짓을 할지 모른다는 두려움이 치사토의 마음을 물들였다.

"……."

두 사람의 대화는 아직 끝나지 않았다. 간혹 어려운 단어가 섞여 있기는 했어도 대강 알아들을 수 있었다.

아직도 이 모든 것이 꿈이라고 믿고 싶은 치사토에게 있어서, 후계자나 정쟁 같은 단어는 머릿속에 들어오기는 해도, 그것은 단순하게 코요의 억지라고 밖에 생각되지 않았다.

'다른 사람 앞에서 이런 짓을 하다니…… 절대로 용서 못해.'

"치사토."

문득 대화가 끊기는가 싶더니 누군가 치사토의 이름을 불렀다. 낮고 침착한 목소리의 주인공은 코요가 아니라 하기노였다.

"폐하의 성심은 들었다. 이번에는 네 뜻을 알아야겠다. 사내의 몸으로 폐하의 황후가 되는 데 승낙하였느냐?"

"……."

치사토는 코요를 흘끗 쳐다보았지만, 바로 하기노를 마주 보며 입을 열었다.

"저는 원래 세계로 돌아가고 싶습니다."

지금은 코요의 뜻에 따라 수긍해야 할 상황일지도 모르지만, 불합리한 일을 당한 분노로 순순히 받아들이고 싶지 않았다.

"원래 세계?"

"치사토."

의아해하는 하기노의 말과 경고하는 듯한 코요의 말에 치사토는 깜짝 놀라 뒷말을 삼켜 버렸다.

'이건 말하지 않았구나…….'

자신이 이 세계 인간이 아니라는 것은 현재 코요만 알고 있다. 그런데… 그 사실을 다른 사람이 알면 어떻게 될까?

코요의 횡포가 약간은 진정될 거라 기대했던 치사토는 반쯤 자포자기하고 있었다. 입을 다물라고 눈짓으로 명령하는 코요를 무시했다.

"전 이 세계의 인간이 아닙니다."

"…이 세계의 사람이 아니다?"

"전 헤이세이라는 시대의 사람입니다. 어떻게 된 일인지 모르겠지만 이 세계에 와서 처음 만난 사람이 이 사람이었고, 원래 세계에 돌려보내 주겠다는 조건으로 이곳에 있습니다."

정확히 말하자면 '치사토가 나타났을 때와 똑같은 상황

을 만들어주겠다'는 조건이지만, 지금 같은 때에 그런 사소한 차이는 별 상관없었다.

한마디로 이 남자가 자신에게 부당한 조건을 내걸었다는 점을 전하고 싶었다.

코요에게 소신껏 말하는 이 남자라면 지금 치사토의 상황을 고려해 주지 않을까……. 그런 작은 가능성에 매달리고 싶을 만큼 일련의 사건은 치사토의 체력과 기력을 소모시켰다.

분노만으로는 이 거만한 남자를 물리치지 못한다. 코요의 힘이 반드시 필요하다면 그를 제어할 수 있는 인물과 손을 잡아두고 싶었다.

"……폐하."

치사토의 이야기를 끝까지 들은 남자는 지금까지와는 사뭇 다른 딱딱한 목소리로 코요를 부르더니 싸늘한 시선을 던졌다.

"치사토의 말이… 사실입니까?"

"…….'

"폐하의 계획에 대해 치사토의 승낙을 받지 않았다고는 듣지 못했습니다만."

그 사실만은 말할 생각이 없었거늘…….

코요는 괴로운 낯으로 치사토를 노려보았으나 어떻게든

조금이라도 코요에게 대들고 싶었던 치사토는 고개를 돌려 외면했다.

"폐하."

다시 강하게 불러 코요는 대놓고 한숨을 쉬었다.

"맞네."

"하오면 이 이야기가 진정 사실입니까?"

"그런 허무맹랑한 이야기를 그대가 믿을 리 없다고 판단해 말하지 않은 것뿐일세."

"폐하, 소신의 힘이 필요하시다면 숨김없이 말씀해 주십시오."

"…알았네."

그 뒤로 이야기가 매우 길어졌다. 속이려 했던 코요의 말 한 마디 한 마디에 치사토가 끼어들었고, 그때마다 매서운 눈초리를 받았다.

'하, 하나도 안 무서워!'

최종적으로 치사토는 하기노의 저택으로 잠시 옮겨가기로 했지만, 자신의 반격에 대해서 코요가 어떤 행동을 취할지 그때는 상상조차 하지 못했다.

*   *   *

"와…… 엄청나게 크다."

하기노의 저택은 코요가 머무는 광려전보다는 작지만 중후하고 훌륭한 건물이었다.

"부친 대부터 살고 있는 곳이다."

우차 안에서 입을 떡 벌리고 저택을 올려다보던 치사토의 모습을 알아챘는지, 하기노는 온화하게 웃으며 설명했다.

코요와 맞서고 있을 때는 방심해선 안 될 수완가라는 인상이 강했지만, 가는 길에 우차 안에서 이런저런 이야기를 해주는 모습은 자상한 선생님 같았다.

무엇보다도 코요의 횡포에 직언을 해주었기 때문에, 치사토에게 있어서 하기노는 믿음직한 어른이라고 각인되었다.

"저, 저기."

"응? 무슨 일이냐?"

"저같이 이상한 아이가 갑자기 들이닥치면 가족들이 뭐라고 하지 않을까요?"

치사토는 정체를 숨기는 데 제격이라는 코요의 말 한마디에 여태 여장을 하고 있었다. 분하지만 비록 여장을 했다 하더라도 언뜻 보기에 진짜 여자로 착각할 정도로 아담한 자신을 하기노의 부인이 본다면 어떻게 생각할지 걱정이었다.

"상관없다. 지금은 홀가분한 독신 귀족이란다."

"독신?"

도무지 그렇게 보이지 않았다. 지위도 있고, 성격도 좋아 보이는 하기노가 독신이라니. 이 세계 여자는 보는 눈이 없다. 코요보다도 백배는 나았다.

"너는 아무것도 신경 쓰지 않아도 된다. 천황께서 맡기신 중요한 손님이니 말이다."

"천황……."

'그렇구나. 그 남자, 천황이라고 그랬지…….'

코요가 천황이라는 지위에 있는 인물이라는 걸 새삼 깨달았지만, 그럼에도 불구하고 지도자의 위대함은 느껴지지 않았다.

'으스대는 꼴이 동네 골목대장 같아.'

치사토는 이렇게 안하무인으로 행동하는 사람은 처음 봤다.

제멋대로 여자 기모노를 입히고, 제멋대로 다른 사람 앞에서 발가벗기고. 그렇게 거친 취급은 처음이라서 제대로 저항하지도 못했다.

'이즈미도 그렇게까지는…….'

언제나 치사토를 놀리는 이즈미도 그런 난폭한 짓은 하

지 않았다.

"치사토."

부드럽게 이름을 부르는 목소리에 치사토는 퍼뜩 정신을 차렸다.

우차는 이미 저택 안까지 들어와 현관 앞에 멈춰 있었다. 저택의 부지가 넓고 녹음이 짙었지만, 울창하다는 인상이 들지 않는 것은 정갈하게 손질된 까닭일 것이다.

'정말로… 이제는 현실이다…….'

궁에서 저택까지 오는 긴 대로는 세트라고는 보이지 않았다.

풀 냄새를 맡고 따가운 햇살을 느끼며, 치사토는 자신이 이곳에 있는 것은 현실이라고 인정할 수밖에 없었다.

이렇게 된 이상 어떻게든 원래 세계에 돌아갈 방법을 찾아야 한다.

"시, 실례합니다."

먼저 내린 하기노가 내밀어준 손을 잡기가 쑥스러웠지만, 바닥에 끌릴 정도로 길고 무거운 여자 기모노를 입고 있는 통에 어쩔 수 없었다.

치사토는 솔직하게 감사 인사를 하고 천천히 우차에서 발을 내디뎠다.

"안녕히 다녀오셨습니까."

현관 앞에 마중 나온 여인 몇 명이 치사토를 곧장 안쪽 방으로 안내했다.

건물 안은 조금 전까지 머물렀던 광려전과 비슷하게 긴 나무복도로 서로 연결되어 있었고, 발이 문과 벽을 대신하고 있었다.

여전히 불편하기는 했지만, 하기노의 배려 덕에 서서히 익숙해졌다.

"그래, 치사토가 사는 세계는 참으로 신기하구나."

"그런가요?"

"말이 아닌 탈것을 타고 이동하고, 그림이 움직이고, 소리가 나오는 상자가 있다니. 이야기만 들어서는 아주 살기 좋을 듯싶다만… 정취가 없구나."

하기노는 쓸쓸하게 웃으며 부채를 만지작거렸다.

오늘 출사는 쉬겠다고 일찌감치 하인에게 일러두고, 그는 방에서 느긋하게 다과를 앞에 두고 치사토의 이야기를 오랜 시간 들어주었다.

먼 세계에서 왔다는 엉뚱한 주장을 믿고 있는지 모르겠지만, 치사토의 이야기는 하기노의 호기심을 자극한 것 같았다.

세계 정세부터 치사토의 가족 이야기까지, 하기노는 유쾌한 표정으로 듣고 있었다.

"저기……."

"응?"

"제 이야기를 믿어주시는 건가요?"

아무리 생각해 봐도 하기노에게 치사토의 이야기는 있는 그대로 받아들이기 어려운 내용일 터였다. 그럴 생각은 털끝만큼도 없지만, 코요에게 접근하려는 수작이라고 의심하는 것이 당연하다는 기분이 들었다.

하지만 치사토의 걱정은 곧 말끔히 사라졌다.

"네가 지금 했던 이야기가 모두 새빨간 거짓말이라면 너는 희대의 사기꾼인 셈이구나."

한바탕 웃은 하기노는 곧 미안하다며 고개를 숙였다.

"당장은 믿기 어려운 부분도 있으나 네가 실없는 소리를 한다고는 생각지 않는다. 더욱이 나는 이야기를 충분히 즐겼으니 그걸로 됐지 않느냐."

어른의 대응에 치사토도 마침내 뺨에 미소를 띠었다.

"자, 너도 피곤할 테니 슬슬 욕탕에 들어가 개운하게 씻은 뒤 쉬려무나. 목욕 시중은……."

"사, 사양하겠습니다."

*   *   *

"추워……."

'욕탕이라며. 욕조가 없잖아⋯⋯. 이건 사기야.'

안내받은 욕탕은 치사토가 생각하는 욕실과 달랐다. 물을 끼얹는 곳으로 뜨거운 물이 담긴 나무통 몇 개가 전부였다.

더 안쪽에는 노송나무로 만든 커다란 욕조가 있었지만, 그 욕조는 특별한 날에 물을 받아 몸을 정갈하게 할 때만 사용하는 것 같았다.

적어도 샤워기처럼 뜨거운 물이 계속 나오면 괜찮을 텐데 물을 뿌리기만 하니 몸이 금세 식었다. 준비된 잠옷으로 갈아입으면서 치사토는 그냥 몸을 닦기만 해도 충분했을 거라고 후회했다.

그러나 이것이 하기노의 호의라는 걸 알기 때문에 불평하지 않았다. 반대로 넉살좋게 웃으면서 피로가 가셨다고 말한 자신이 이 짧은 기간에 제법 어른스러워진 것 같았다.

"⋯⋯휴우."

'불편한 것투성이야.'

자신이 살던 세계가 얼마나 풍요롭고 발전되어 있었는지를 깨달았다.

고작 안경 하나 때문에 외출도 하지 않고 집에 초대할 친구도 사귀지 않았다니, 왜 그랬을까⋯⋯.

만약 주위 사람들과 더 적극적으로 어울렸더라면 이런

세계에 오게 되는 일도 없었을지 몰라.

이제 겨우 해가 저물 시간인데 책도 텔레비전도 없고 할 일도 없었다.

그냥 이불 속에 들어가 잠을 청하고 싶어도 침대는 당연히 없었고, 다다미 바닥에 깔린 돌요에 이불 대신 덮는 기모노 몇 장이 끝이었다.

푹신푹신한 이불 위에서 따뜻하게 자고 싶어⋯⋯. 사실 아악 하고 소리치고 싶은 기분이었지만, 지금은 이것이라도 감사해야 할 판국이었다.

'내일 일어나면 다 꿈일지도 몰라.'

일단 스스로를 다독이며 치사토는 눈을 꼭 감았다.

벽이 없는 방은 휑하니 추웠다.

'⋯잠이 안 와.'

앞으로 자신이 어떻게 될지 불안해 견딜 수 없었던 치사토는 밤새 뒤척였다.

그리고

얼마나 흘렀을까, 어느샌가 옅은 잠에 빠진 치사토는 갑자기 한기를 느끼고 눈살을 찌푸렸다.

'어⋯ 째서⋯⋯?'

잠결에 기모노를 차낸 건가 싶어 손을 뻗자 무언가 딱딱한 것이 손에 닿았다.

그 감촉에 치사토는 무거운 눈꺼풀을 살짝 들어 올렸다.

"……."

"일어났느냐?"

바로 위에 코요의 수려한 얼굴이 있었다.

"…어?"

몽롱한 의식이 차츰 선명해졌다.

이곳은 하기노의 집이고 치사토는 혼자서 자고 있었다. 어째서 여기 코요가 있는 것인지 의문을 품기도 전에, 소스라치게 놀라 그 말끔한 얼굴을 그저 멍하니 바라보았다.

"이렇게 가만히 있으면 귀여운데 말이야."

"……!"

입고 있던 잠옷의 앞섶이 활짝 벌어지면서 새하얀 맨살이 드러났다.

당황해서 몸을 비틀어 가리려 하자 코요는 치사토의 귓가에 입술을 바싹 붙이고 나지막하고 달콤한 속삭임을 떨궜다.

"처문(妻問)을 하러 왔다. 오늘 밤, 넌 내 처가 될 것이다."

생소한 단어에 치사토는 더욱더 혼란스러워졌다.

"……뭐? 처문이라니?"

"무어라? 그것도 모르느냐?"

알 턱이 없었다. 치사토의 일상에서 그런 단어는 써본 적도, 들어본 적도 없었다.

하지만 부아가 치미는 치사토의 기분은 안중에도 없이, 성가시게 하는구나, 라며 쿡쿡 웃은 코요가, 치사토의 앞머리를 쓰다듬으며 말을 이어갔다.

"누군가를 처로 삼으려면 사내는 그 여인의 집을 사흘간 찾아가야 한다. 그사이 상대가 받아들이고 집안 사람들도 못 본 척하면 나흘째 날 아침에 그 여인은 다녀간 남자의 처로 정해지는 것이다."

"거짓말, 고작 그걸로?"

겨우 세 번 만난 것으로 결혼이 성립되다니 도무지 믿을 수 없었다.

"사흘이나 다닌 것이다. 대단한 수고를 들이지 않느냐. 그리도 간절히 원하는데 거절하는 여인이 있을 성싶으냐?"

"하지만 보통은 더… 뭔가 다르다고!"

아니, 백번 양보해서 코요의 말이 이 세계의 상식이다 치더라도, 그것을 자신에게까지 적용시키는 건 원하지 않는다. 믿든 안 믿든, 치사토는 이 세계의 인간이 아니다.

위에서 내리누르는 남자의 몸을 밀쳐내려고 발버둥 쳐봤지만, 성숙한 코요의 몸과 미성숙한 치사토의 몸은 그 차이가 확연한 탓에 벗어날 도리가 없었다.

"치사토, 쓸데없는 이야기는 그만하자꾸나."

"쓸, 쓸데없다니. 다, 당신 무슨 짓을 하려는 거야?"

앞섶을 파고드는 손을 다급하게 잡자 코요가 살짝 눈썹을 찌푸린다. 마치 치사토 쪽에서 못된 행동을 하고 있는 느낌이었지만, 이 저항은 결단코 옳았다.

"말했지 않느냐. 처문이니라."

"그, 그러니까 그건 처로 만들기 위해서……. 나, 난 남자라고?"

제발 농담이라고 말해주길 바라는 치사토의 생각은 눈앞의 남자에게 전혀 통하지 않았다.

"다시 한 번 일러주지. 나는 오늘 밤부터 사흘간 네 침소에 처문을 하러 다니면서 너를 명실공히 내 처로 만들 생각이다."

명실공히……. 단순히 명목상의 행차가 아니라 남자인 자신의 몸을 안겠다는 뜻인가?

지금까지 코요가 했던 말이 갑자기 음란한 색기를 머금은 것으로 돌변하자, 치사토는 정신이 혼미해질 정도로 동요했다.

설마 이런 것까지 받아들여야 할 줄이야, 생각도 못했다.

"그, 그러니까, 난 남자……."

어떻게든 피하려고 극히 당연한 사실을 내세워 설득하려

했지만, 코요는 가소롭다는 듯 한쪽 눈을 가늘게 뜨고 입꼬리를 치켜올렸다.

"네가 남자라는 걸 누가 알고 있지?"

"뭐?"

"모르는 사람 앞에서도 옷을 벗고 일일이 설명할 셈이냐?"

"…윽."

"네가 남자라는 사실을 아는 것은 이 세상에 단 한 사람, 너를 안을 나로 족하다."

눈앞의 남자는 무슨 말을 하고 있는 걸까……. 치사토의 눈이 동그랗게 커졌다.

제멋대로 여자 옷을 입히고, 제멋대로 모르는 남자의 저택에 맡기고, 그리고 이제는 제멋대로 아내라고 우기고 있다.

상식적으로 생각해 보면 설사 다른 사람에게 들키지 않더라도 코요는 치사토가 남자라는 사실을 안다. 결혼이 불가능하다는 것도 잘 알고 있을 것이다. 그걸 알면서도 이런 폭언을 서슴지 않는 걸까?

'도, 도망쳐야 해…….'

아무튼 이 자리를 벗어나야겠다고 마음먹은 치사토는 내리누르는 코요의 배를 발로 차고 밑에서 빠져나오려고 했

지만,

"으악!"

몸에 익지 않은 전통 의상 탓에 다리가 꼬여서 상체만 빠져나오고 발목을 붙잡혔다.

"전황인 나를 발로 차다니 용서할 수 없구나."

말과는 정반대로 목소리에는 즐거움이 뒤섞여 있었다. 희롱당하고 있다는 걸 알면서도, 남자가 자신을 덮치는 상황이 처음인 치사토에게 반박할 여유 따윈 없었다.

"누, 누가 좀!"

치사토는 발목을 붙잡혀 그악스럽게 끌려가면서 저택에 있는 사람을 불렀다.

"소용없다."

"누가! 도와줘요!"

죽을힘을 다해 소리 질렀다. 비명 소리를 듣고 한없이 자상한 하기노나 시녀 중 아무나 달려와 코요의 난폭한 행동을 말려주기를 바랐다.

"이 저택 안에서 내가 네 침소에 처문을 왔다는 사실을 모르는 자는 없다. 네가 아무리 도움을 청해도, 싫다고 울부짖어도, 천황인 내 처문을 방해하려는 자가 있을쏘냐."

"누, 누가, 하기노 씨! …으아악!"

별안간 목덜미를 붙들렸다.

마치 몸이 뜨는 것 같이 느껴질 정도로 강한 힘에 치사토는 신음 소리를 냈지만, 코요는 조금도 힘을 빼지 않고 치사토의 몸을 억지로 제 무릎 쪽으로 끌어당겼다.

"감히 내 앞에서 외간 사내의 이름을 부르다니 괘씸하구나."

"……윽."

"그것도 도움을 청하려 하다니……."

코요를 둘러싼 공기가 지금까지와는 달리 싸늘하게 가라앉았다는 것을 느끼고 치사토는 등줄기가 서늘해졌다. 지금까지 수없이 괴롭힘을 당했지만, 성인 남자에게 이런 강렬한 위압감을 느낀 적은 처음이었다.

"노, 놓아줘……."

그래도 이대로 코요의 난폭한 행동을 받아들일 수가 없었고, 강제로 몸을 정복하려는 상대에게 저항하는 것은 당연했다.

어느 세계에서 남자가 남자에게 안기고 기뻐한단 말인가.

하지만 그때까지 여유롭던 코요의 모습은 방금 전 치사토의 실수로 완전히 바뀐 듯했다. 하기노의 이름을 불렀던 것이 그렇게 노여움을 살 일인지 이유도 모른 채 치사토는 코요의 기세에 몸을 떨었다.

"그자는 내 신하다. 필요에 따라 도움을 받기로 했다만, 네 소유권은 여전히 나에게 있다."

그런데도 그 이름을 부르다니 질투로 가슴이 타버릴 것 같다며 냉랭한 표정으로 심정을 토로해도 치사토는 무엇이 잘못인지 짐작조차 하지 못했다.

애초에 질투가 무엇인지조자 몰랐다. 눈물이 날 것 같아 눈을 질끈 감고 가까스로 몸을 옆으로 비틀었는데 귓가에 뜨겁고 축축한 무언가가 닿았다.

"…치사토."

목소리가 요염하게 젖어 있다.

코요의 손길이 머리카락을 헤치고 목덜미를 쓰다듬었다. 가발은 뗐기 때문에 코요가 직접 살갗을 만지기가 쉬웠다.

"아이 같은 짧은 머리에는 감흥이 일지 않았거늘… 아무래도 너는 다른 모양이로구나."

"흑…… 크윽."

웃음기 섞인 목소리가 들리면서 뜨뜻하고 축축한 것이 치사토의 목덜미를 쓸어올린다. 그 정체를 상상하기가 두려워서 치사토는 그저 코요의 품에서 벗어나려고 안간힘을 써 손을 뻗었다.

"단념하지 않았구나."

"시, 싫은 걸 어쩌라고."

이렇게 대화를 이어가는 동안에도 코요의 기세가 사그라지기만을 빌었다. 이런 어린애에, 그 전에 남자인 자신을 안지 않아도 천황이라면 얼마든지 여자를 고를 수 있을 텐데……

잠시 헷갈리는 것뿐이라는 걸 어서 깨달으라고 마음속으로 몇 번이고 외쳤다.

"그렇게 얄미운 소리를 하는 자에게는 내 입장을 잘 이해시켜 주어야겠지."

"으, 으악!"

헛된 바람이었을까, 코요는 치사토의 몸을 천장을 바라보도록 뒤집었다.

그대로 손을 막을 길 없이 허리띠가 풀리고, 흰 잠옷의 앞섶이 벌어지자 한심하리만치 허여멀건 피부가 빛을 받아 도드라졌다.

'어째서 밝은 거지?'

날이 저물기 전, 하기노에게 빛을 밝히는 법에 관해서 들었다. 아직 전기가 발명되지 않은 시대, 면을 꼬아 만든 끈에 식물로부터 얻은 기름을 적셔서 불을 켠다고 했다.

그 끈의 가닥 수로 밝기를 조절하며, 실제로 해가 저물고 나서 처마 끝에 달린 등롱이 복도를 환하게 밝혔고 각 방에도 등잔불이 켜졌다.

이 시대에 형광등 대신에 이런 것을 사용한다고는 생각해 본 적이 없어서 강한 흥미를 느낀 덕분에 그때만큼은 지금의 처지마저 잊어버릴 수 있었다.

치사토가 자는 방에도 길쭉한 촛대 비슷한 것이 놓여 있었는데 분명히 불은 붙이지 않았다. 잠을 자기 위해 방으로 안내한 여인이 초를 들고 있었는데 다시 들고 나갔다.

전깃불이 없는 방 안은 달빛도 발에 가려 암흑에 가까웠는데 지금은 놀랍게도 시야가 또렷해졌다.

아무래도 어느샌가 등잔에 불을 붙인 모양이다.

"아름답구나……."

여자가 아니라는 것을 한눈에 알 수 있는 몸인데도, 아무런 의문 없이 순수하게 칭찬받으니 오히려 거북했다.

"가슴은 없지만 여자에 뒤지지 않는 가녀린 몸이로다."

넓은 손바닥이 목부터 가슴을 쓸어내린다. 그 손이 밋밋한 가슴을 주무르듯 움켜쥐자 아픔보다도 앞으로 일어날 일에 대한 공포가 몸을 굳게 만들었다.

치사토를 괴롭히던 놈들이 지금껏 성적인 장난을 걸었던 적이 없었기 때문에 치사토는 이제야 비로소 자신이 최악의 상황에 놓여 있다는 걸 인식했다.

"치사토, 나를 보라. 지아비가 될 사내의 얼굴을 그 눈으로 똑똑히 보거라."

"나, 난 남자라고 했잖아!"

"나도 말했을 것이다. 그것은 하찮은 문제라고. 여인이든 사내든 내가 원하면 반드시 바쳐야 한다."

너무나도 오만한 대답에 코요의 마음이 바뀌지 않는 한 어떤 말을 덧붙여도 아무 의미 없다는 것을 깨달았다.

"오롯이 내게 기대면 된다. 너는 그저 얌전히 몸을 맡기고 내 것이 되는 것이다."

코요는 그렇게 말하면서 잠옷을 잡아채듯 어깨부터 벗겼다.

"싫……."

"저항해 보거라. 힘으로 내 것으로 만들겠다."

치사토의 잠옷이 허망하게 벗겨졌다. 속옷을 입지 않았기 때문에 코요의 눈앞에는 치사토의 나체가 있을 뿐이었다.

코요는 치사토의 얼굴을 똑바로 내려다보았다.

코요의 손이 가슴에서 배를 거쳐 자신 이외에 누구의 손길도 닿은 적이 없는… 그곳을 움켜쥐었다. 코요는 공포 탓인지 서기는커녕 힘없이 시들어 성근 덤불 속에 숨어버린 것을 손끝으로 들어 보였다.

"으악!"

"귀엽군······. 아직 잠들어 있구나."

성에 관해선 담백한 치사토가 자위를 알게 된 건 중학교 이학년이 끝날 무렵으로, 횟수도 한 달에 몇 번에 지나지 않는 그것은 거의 사무적인 작업 가운데 하나였다.

그렇게 아직도 무지한 자신의 그곳을 다른 사람이, 그것도 같은 남자가 만진다는 건 상상조차 해보지 않아서 혼란스러웠다.

치사토는 다시 죽을힘을 다해 코요의 몸을 박차고 떼어놓으려 했다.

"그, 그만해! 떨어져!"

"어찌 그러느냐. 보거라, 네 몸은 기뻐하기 시작하였다."

"······!"

'거, 거짓말이야.'

코요는 한손으로 치사토의 허리를 꽉 누르고, 다른 한손으로 치사토의 것을 그러쥐고 위아래로 문지르기 시작했다.

강제적인 행위로 쾌감을 느낄 리가 없을 텐데 자신이 아닌 다른 사람의 손길을 처음 받은 그것은 서서히 고개를 들기 시작해 결국 우뚝 일어섰다.

그럴 리 없다고 생각하지만, 이런 상황을 처음 겪는 몸은 자극에 고분고분 반응했고, 머잖아 찌걱찌걱 하고 눅눅한 소리를 내기 시작했다. 자신의 몸이 변하고 있다는 걸 알아차린 치사토는 얼굴을 붉히며 벗겨진 잠옷에 얼굴을 묻었다.

'나, 뭐, 뭐야! 상대는 남자잖아!'

이성으로는 남자인 자신이 남자의 손길로 느끼는 것은 불가능하다고 생각하는데, 실제 자신의 몸은… 이미 생명력을 자랑하며 끈끈하고 말간 이슬을 흘리기 시작하고 있었다.

치사토는 금방이라도 새어나올 것 같은 목소리를 입술을 깨물면서 악착같이 참았다.

"치사토, 제발 내게 그 귀여운 목소리를 들려다오."

"싫… 엇."

치사토는 기모노를 움켜쥔 손끝에 힘을 주었다.

      *   *   *

필사적으로 저항할 생각이었겠지만, 땀이 배어나오고 발그레하게 변한 치사토의 등이 한눈에 보였다.

지금까지 코요를 위해 준비된 자들은 첫 경험임에도 스스로 몸을 열었기 때문에 치사토의 이런 신선한 태도가 더욱 강한 정복욕을 불러일으켰다.

이 당돌한 미소년을 내 것으로 만들고 싶다.

그런 욕구에 사로잡혀, 코요는 품에 넣어둔 주머니에서 작은 도자기 병을 꺼냈다. 한쪽 무릎으로 치사토의 다리를 누르면서 병을 막은 기름종이를 걷어내고 내용물을 손에 따랐다.

"치사토, 남자를 받아들이는 것이 처음이겠지."

"…읏, 당연하지!"

"되도록 아프지 않게 네 몸에 쾌락을 가르쳐 주겠노라."

은은한 향을 풍기는 진득한 액체는 향유였다. 코요는 손바닥에 오목하게 고인 향유를 골짜기 사이로 흘려보냈다.

"헉!"

남자의 몸에서 넣을 곳은 하나다. 조금 건드리는 것만으로는 피어나지 않을 봉오리를 코요는 향유의 힘을 빌려 천천히 틔우기 시작했다.

본디 받아들일 여인이나 데리고 온 시녀가 미리 해두어야 하는 과정이지만, 치사토가 아무것도 모르는지라 별 수 없었고, 치사토이기 때문에 직접 해주어도 무방했다.

"흐읏… 큭."

"치사토."

"……."

고통인지, 쾌락인지, 치사토의 목소리가 새어나오기 시작하자 코요는 미소를 지었다. 이미 몸은 농락되고 있다는 뜻이다.

'난생처음 만져보나 몹시도 뜨겁고 옥죄이듯이 좁은 곳이구나……'

불빛 속, 조금씩 벌어지는 봉오리를 정성스레 어루만지던 코요는 자신의 중심에도 힘이 들어갔음을 느꼈다.

한편으로 한심하다는 생각도 들었지만, 처음 본 치사토의 요염한 자태에 욕정이 끓어올랐다. 이렇게까지 흥분하는 게 얼마 만의 일인지.

신하 가운데 남색을 즐기는 자가 있어 소위 남색이라는 세계가 있다는 건 알고 있었으나, 평소 여인이 풍족하고 구미가 당기는 사내도 없는 까닭에 스스로 경험하리라는 생각은 추호도 없었다.

그러나 막상 대하고 보니 사내든 여인이든 별반 다르지 않았다.

아니, 삽입에 공을 들인 만큼 사내를 상대할 때 더 깊은 애정을 느끼는 것 같았다.

"힘주지 말고 깊게 숨을 들이쉬거라."

코요는 제 목소리가 거의 들리지 않을 치사토에게 말을 붙이면서 하카마의 허리끈을 풀었다.

처문은 은밀한 것이라 남의 눈에 띄지 않도록 사냥복 차림으로 왔다.

바로 행위에 들어가려는 속셈도 물론 있었다.

오늘은 첫째 날, 어찌 됐든 우선 치사토를 제 것으로 만드는 일이 우선으로, 서로 즐기게 되기까지는 시간이 더 필요할 것이다.

무사히 처문이 끝나고, 치사토를 정식으로 입궁시킨 다음 자신의 존재를 차분히 각인시키면 된다.

"시작하겠다, 치사토."

아랫도리만 풀어헤친 채 자신의 양물에도 향유를 듬뿍 발라 그 끝을 봉오리에 갖다 댔다.

어서 치사토를 자신의 것으로 채우고 싶은 생각에 마음이 조급해졌다.

"그, 그만……."

"힘을 빼라."

"그만… 뒤."

숨을 깔딱이며 거부하는 목소리에, 코요는 몸을 흠칫 떨며 아직 빡빡한 봉오리를 비집고 굵고 기름진 몽둥이를 밀어 넣었다.

"아, 아흑!"

"……웃."

'이런.'

단숨에 뿌리까지 채워넣고 싶었으나 치사토의 안은 너무나 비좁아 뭉툭한 끝부분이 반쯤 들어간 정도에서 멈추었다.

불현듯 억지로 파고들었다간 아직 길들여지지 않은 봉오리가 찢어질지도 모른다는 불안이 스쳤다.

한시라도 빨리 치사토와 하나가 되고 싶었지만, 코요는 상처를 입히면서 즐기는 취미 따윈 없었다.

"치사토, 힘을 빼래도… 읏."

지금 상태로는 서로 아픔만 느낄 것이라고 조언했지만, 고통 탓인지 의식이 몽롱한 치사토에게는 들리지 않는 듯했다.

'…하는 수 없군.'

코요는 손을 뻗어 병을 집어 들고, 결합한 부분에 남은 향유를 모조리 쏟아부었다.

"으윽."

그 감촉에 치사토가 허리를 으스스 떨었다. 그 틈에 가느다란 다리를 크게 벌려 안고 단숨에 허리를 밀어붙였다.

"……!"

제 아랫도리를 내려다보는 치사토의 눈이 크게 열리고, 입은 벌어진 채 비명이 목에서 막혀 버린 듯했다. 아래를 보니 치사토의 조그만 봉오리가 한계까지 꽃잎을 활짝 벌려 검붉은 자신의 분신을 뿌리 근처까지 집어삼키고 있었다.

삽입하는 자신이 이토록 아픔을 느끼는데 하물며 받아내고 있는 치사토는 몸이 갈라지는 고통을 느끼고 있음이 분명했다.

가여웠으나 그 이상으로 코요의 마음을 지배하고 있는 감정은 충족감이었다.

이렇게 손안에 넣고 싶은 존재를 자신의 지배 아래 둔 것이다.

사내를 처음 받아들인 치사토가 고통스러운 것이야 어쩔 수 없다. 나머지는 이 고통을 쾌락으로 바꾸어주면 그만이다.

"치사토."

이름을 부르고 눈물로 얼룩진 눈가에 입을 맞추자 잠시 뒤 서서히 눈꺼풀이 열리고… 곧이어 눈물이 방울방울 떨어졌다.

분한 게냐, 슬픈 게냐, 아니면 고통스러운 게냐. 코요는 치사토의 기분을 헤아리기 어려웠다. 하지만 이것은 희롱 같은 것이 아니라 진심으로 치사토를 원해서 이루어진 행위였다.

"싫……."

이마에는 땀이 송골송골 맺히고 뺨은 발갛게 물들고 눈동자는 눈물에 젖어 촉촉하다.

입가에서 삼키지 못한 타액이 흘러내리는 모습은 코요가 아는 치사토의 모습으로는 상상할 수 없을 만치 외설스러웠는데도, 아직도 거부하는 언사를 내뱉는 모습이 귀여웠다.

'지금까지 내가 알던 자들과 완전히 다르군.'

세상을 다 가진 천황인 자신을 끝까지 거부하려 하는 모습이 기분 좋았다.

도망갈수록 쫓고 싶어진다, 원하게 된다.

사냥 본능을 자극받은 코요는 결합한 부분을 의식하며 허리를 움직였다.

"아, 아파."

통증에서 벗어나기 위해 무의식적으로 일어나려고 하는 치사토의 허리를 단단히 누르고 귓가에 자신의 마음을 속삭였다.

"널 갖고 싶다."

"거, 짓말……."

"거짓말이 아니다."

일단 그 안에 자신을 채워넣으면 들끓던 마음이 가라앉

으리라 생각했는데, 몸을 가진 뒤에도 더욱 갈망하는 자신의 마음을 인정하지 않을 수 없었다.

거칠게 손에 넣은 하얀 육체는 맛보면 맛볼수록 코요의 마음을 사로잡았다.

원망과 분노로 가득한 줄 알면서도 치사토의 그 마음마저 갖고 싶었다.

"치사토."

코요는 몸을 숙여 치사토의 입술에 입맞춤을 떨궜다.

눈물로 젖은 입술은 짜고 오묘한 맛이 났지만, 지금까지 안았던 여인들의 연지 맛보다는 훨씬 달았다.

"으… 홋……."

상체를 숙이자 코요의 성난 양물은 더 깊게 치사토의 속살을 파고들었고, 무리한 자세로 바뀐 탓에 치사토는 괴로운 듯 얼굴을 일그러뜨리며 신음 소리를 흘렸다.

"…미안하구나."

그래도 코요는 멈출 수 없었다.

고통으로 일그러진 얼굴은 보고 싶지 않은데 몸이 의지를 거부하고 있었다.

가능한 한 치사토에게 고통이 아닌 쾌락을 가르쳐 주고 싶었지만, 그럴 여유는 저 너머로 사라져 버릴 만큼 조여오는 압박을 더는 견딜 수 없었다.

"…읏!"

더 이상 들어갈 수 없을 정도로 가장 깊은 곳까지 양물을 밀어 넣고 격렬한 허리놀림을 반복한 끝에 코요는 뜨거운 샘 안에 새하얀 꽃씨를 토해냈다.

잉태될 리 없는 치사토의 몸에 아이가 들어서기를 바라는 양 거듭 뭉근하게 허리를 흔들었다.

"치사토, 괴로우냐."

행위가 절정에 이르는 동안 결국 치사토가 기쁨의 끝을 맛보는 일은 없었다. 치사토에게는 고통스럽기만 한 교접이었다는 게 애처로워, 코요는 걱정스러운 표정으로 이름을 불렀다.

하지만 치사토는 코요의 부름에도 굳게 내리감은 눈을 뜨지 않았다. 축 늘어져 있는 치사토는 이미 정신을 잃고 있었다.

미동도 하지 않는 치사토의 가슴에 귀를 대고 심장이 뛰고 있다는 것을 확인한 코요는 안도했다. 자신이 안아서 목숨을 잃게 만들었다고 생각하니 일순간 가슴이 미어지는 것 같았다.

"이걸로 하룻밤이다."

여인처럼 탐스러운 가슴과 아기집은 없을지언정 가느다

란 몸은 소녀와 다를 바 없었다. 지금까지 여인만 상대하던 코요지만, 치사토에게 분명히 욕정을 느꼈다.

치사토가 하기노와 함께 광려전을 물러간 직후부터 코요는 마음 한 구석이 뻥 뚫린 것 같았다.

직접 명을 내렸으면서 치사토와 떨어져 지내야 한다는 사실에 화가 치밀었다.

치사토가 이 침전에 머문 기간은 고작 하루, 그럼에도 불구하고 강렬한 인상을 남긴 치사토는 자신을 바라보는 도전적인 눈빛과는 사뭇 다른, 도움을 구하는 듯 애원하는 눈빛을 하기노에게 보냈다.

그래서 서두르고 말았다.

시간을 두고 천천히 다가가야 했는데, 처문이라는 풍습을 핑계 삼아 치사토의 전부를 제 것으로 만들고 안심하는 길을 선택했다.

무엇보다 제아무리 말로는 거부해도 천황인 자신을 끝까지 거부하는 자는 없으리라 여겼다.

처음부터 반항적이었던 치사토가 순순히 자신에게 안기리라고는 생각하지 않았다.

다른 세계에서 왔다고 주장하는 치사토의 말이 사실이라면 그 아이의 세계에서 이런 행위는 드문 일일 것이다. 하지만 줄곧 이 관례 속에서 자란 코요에게는 처문은 평범한 구혼일 뿐이었다.

사실 코요가 처문을 한 것은 이번이 처음이었다.

황후였던 코토노는 어려서부터 이미 정해진 정혼자였으므로 애써 드나들며 결혼 허락을 받지 않아도 되었고, 유녀의 거처에 한두 번 출입했을 뿐, 제 의지로 후궁을 들인 적도 없었다.

첫 처문은 자신이 생각한 것 이상으로 기분이 고조되었다.

문지기가 놀란 눈으로 자신을 보던 것도 재미있었고, 이 방에 올 때까지 그 누구에게도 들키지 않게 슬그머니 정원을 가로지르는 것도 즐거웠다.

"너는 진정 나를 즐겁게 해주는구나."

대답 없는 치사토의 이마에 입을 맞춘 코요는 형식상 저택 안 사람들의 눈에 띄지 않도록 서둘러 옷을 추스르기 시작했다.

*　　　*　　　*

얼굴에 차갑고 축축한 것이 닿았다.

온몸이 뜨겁게 달아올라 있던 치사토는 그 감촉에 기분이 좋아져서 무심코 숨을 크게 내쉬었다.

"정신이 드느냐?"

"…윽!"

그러나 곧이어 바로 옆에서 들리는 남자의 목소리에 몸이 얼어붙어 일단 도망치려고 몸을 일으키려 했다.

"으아… 악."

'몸이… 아파…….'

마치 내 것이 아니라고 느껴질 만큼 아팠다. 비명을 지르는 몸에 치사토는 다시 털썩 드러누웠다.

왜라는 물음은 머릿속에 떠오른 그 생생한 광경으로 곧바로 지워졌다.

'그 녀석에게…… 윽.'

몸이 반으로 쪼개지는 듯한 통증이었다.

믿기 어려운 곳에 극심한 통증과 함께 데일 듯한 열기를 느꼈고, 그것을 강요한 코요가 죽이고 싶을 만큼 무섭고 증오스러웠다.

남자에게 당했다 그것은 치사토에게 엄청난 충격이었고, 얼굴을 들 수조차 없었다.

그런 치사토의 등에 커다란 손이 가만히 닿았다.

"누워 있거라."

낮고 온화한 목소리는 코요의 것이 아니었다.

"하, 기노 씨……."

"미안하다, 치사토. 나는 폐하를 말릴 수가 없구나."

"······!"

'알, 알고 있어······.'

하기노의 사과는 치사토와 코요 사이에 무슨 일이 있었는지를 정확하게 알고 있다는 뜻이었다.

방에는 자신과 코요 말고는 아무도 없었지만, 바깥까지 들릴 만큼 큰 소리로 울부짖은 것이다. 벽이 없는 방에서 신음 소리가 새어나가, 분명 하기노 이외의 사람들에게도 자신이 당했다는 것이 알려졌다.

창피해서 어찌할 바를 모르겠다. 목소리를 억누를 수 있는 상황이 아니었는데··· 아니, 애초에 그런 일을 당하고 그런 일에 시달렸다는 것 자체가 말도 안 되는 이야기였다.

그런 치사토의 갈등을 눈치챘는지 하기노가 치사토의 머리에 손을 가볍게 올렸다.

"이야기가 오갔더라면 미리 알려주었겠지만, 그분이 진심으로 바라는 것이 있으면 그것을 지지하는 게 신하의 소임이란다. 그분은 지금까지 한 번도 처문을 하신 적이 없었지. 그 정도로 너를 연모하신다고··· 나는 그렇게 생각한다."

"······."

"사내의 몸으로 사내를 받아들이는 것이 네게는 있을 수 없는 일일 수도 있다만, 부디 폐하의 성심을 헤아려 남은 이틀 동안 얌전히 받아들여 다오."

그것은 코요의 일방적인 생각이었고, 단순히 묵인을 위한 변명에 불과했다.

치사토는 큰 소리로 따지고 싶었다. 왜 말없이 그 남자를 저택에 끌어들였냐고 하기노의 멱살을 부여잡고 흔들고 싶었다.

하지만 그렇게 화풀이를 해도 자신이 남자에게 안긴 사실은 사라지지 않는다.

어쨌든 하기노는 오늘은 편히 쉬라며 치사토가 쉴 수 있도록 방에서 나가주었다.

그 뒷모습을 곁눈질로 배웅한 치사토는 지금부터 어떻게 하면 좋을지 골똘히 궁리하기 시작했다.

'두 번이나 남았다니⋯⋯.'

'처문'은 남자가 여자의 방에 사흘 동안 들르면 결혼이 성립된다고 했다.

남은 이틀, 기절할 정도로 고통스러운 일을 견뎌낼 수 있을 리 없다. 그리고 애초에 코요와 결혼할 생각 따윈 전혀 없었다.

자상하고 이야기가 잘 통한다고 생각했던 하기노도 결국은 천황인 코요를 거스르지 못하는 처지고, 이 세계에 치사토의 편은 없다고 생각하는 쪽이 나을지도 모른다. 자신의 몸은 스스로 지킬 수밖에 없다.

"그렇지만……."

'어떻게 하면…….'

히지만 치사토는 도망칠 곳이 없었다. 이 땅에서 떠날 수 있다면 일이 빠르겠지만, 그러면 원래 세계에 돌아갈 수 없을지도 모른다.

생활 습관이든 뭐든 하나부터 열까지 다른 곳에서, 그 누구도 의지하지 않은 채 살아가기란 깊이 생각해 보지 않아도 당연히 무리였다.

"젠장……."

'나에게 선택지 따윈 없었어…….'

치사토는 울고 싶어졌다.

이틀 남았다. 남은 두 번, 고통을 참아내면 그 오만한 남자는 일단 만족하겠지. 몇 번이나 안을 만큼 남자의 몸을 좋아할 리도 없고, 천황인 그 남자는 여자가 넘쳐날 거야.

그 남자가 치사토를 건드린 것은 아마도… 호기심. 신비롭게 나타난 치사토에게 흥미를 느끼고 음식의 간을 보듯 섹스를 한 것뿐이다.

오지 않기를 바라지만 그 남자는 반드시 온다. 기뻐하기는커녕 아파서 울고만 있던 자신을, 행위 중에 기절한 자신을 다시 안으러.

"생각해……."

'어떻게 해야 원래 세계로 되돌아갈 수 있을까……?'

거부하려고 해도 도망갈 곳이 없고 기댈 사람도 없다면… 그리고 자신과 전혀 다른 성인 남자에게 저항할 수 없다면 상대방에게도 자신의 요구를 관철시키는 수밖에.

"…여자도 아니고."

두세 번 안겼다고 해서 임신할 걱정도 없고, 상처도 한순간이다.

처다 뭐다 뜻 모를 소리를 지껄이지만, 남자를 아내로 삼을 리가 없다.

게다가 원래 세계에 돌아가면 남자에게 안겼다는 사실을 아는 사람은 아무도 없다.

'그래, 꼭 돌아갈 거야…….'

그렇게 결심한 치사토는 이곳을 떠날 수가 없었다. 유일하게 돌아갈 단서를 쥔 코요의 곁에 할 수 없이 남아야 했다.

"……."

거기까지 생각한 치사토는 한숨을 크게 내쉬었다. 생각하는 것도 피곤했다.

빨리 시간이 흘렀으면 좋겠다. 무사히 집에 돌아가면, 이

번 일은 끔찍한 기억으로 분류해서 머릿속에서 얼른 지워 버려야지.

'기필코……!'

치사토는 이 세계에 왔을 때와 똑같은 조건이 갖추어지는 민월의 밤이 빨리 오기만을 바랐다.

그날은 결국 아무것도 하지 못했다.

날카로운 하체의 통증이 내내 가시질 않았고, 무리하게 벌려진 허벅지도 당겼다.

코요가 안에 토해낸 것의 뒤처리 방법을 몰랐는데 고령의 여인이 와서 가르쳐 주었다. 이제 와서 부끄럽다느니 어쩐다느니 가릴 기분이 아니었다. 아무것도 하지 않으면 언제까지나 코요의 것이 몸속에 남아 있게 된다.

뜨거운 물을 옆에 두고 가까스로 손가락으로 그것을 긁어낼 때는 너무도 비참해서 눈물을 흘리고 말았다.

하기노는 마음이 쓰였는지 식사도 방에서 혼자 할 수 있게 해주고, 시중을 드는 사람도 물러나게 했지만, 그래도 치사토의 우울함은 가시지 않았다.

그리고 밤이 어두워져 갈수록 불길한 예감이 엄습해 왔다.

'왔나?'

날이 저물고 저택을 밝히는 등불에 의지해 바깥을 응시하고 있던 치사토는 불안해하며 방 한 구석에 웅크리고 앉아 있었다. 자고 있을 때 갑자기 몸을 누르면 저항할 수 없기 때문이었다.

어젯밤, 코요가 쳐들온 일은 온 저택 사람들이 알고 있었고, 오늘 시녀장은 어째선지 치사토에게 흰 히토에와 하카마를 입혔다.

그다지 생각하고 싶진 않지만, 아무리 생각해도 이번 일이 원인인 것 같다.

'설마 신부 의상은… 아니겠지.'

이번 일이 불쾌하고 내 뜻이 아니라는 표정을 숨김없이 드러냈는데도, 주위에서는 축하할 일이라도 생긴 양 열광했다.

'원래 나는 이 집과 아무 상관없는데……'

무슨 말을 해도, 몇 번이고 되풀이해도 달라지지 않는 반응에 치사토는 유일하게 할 수 있는 반항인, 침묵을 결심했다.

할 수 있는 일이 그것밖에 없었다.

그리고 어제보다 조금 이른 시간에 스르륵 장지문이 열리는 기척이 나는가 싶더니 당당하게 발을 걷고 코요가 나타났다.

올 것이라고 예상은 했지만, 실제로 나타나자 놀람과 공포가 동시에 엄습했다.

"일어나서 나를 기다리고 있었느냐."

"…윽."

"오늘 밤으로 둘째 날. 이렇게 은밀히 찾아오는 것도 정취가 있구나."

만반의 준비를 갖추고 '몰래' 오는 게 무슨 재미가 있을까 싶었지만, 치사토는 아무 말도 하지 않고 가만히 코요를 바라볼 뿐이었다.

그런 치사토의 모습에 코요는 입가에 미소를 띠었다.

"나를 받아들일 준비를 하였구나. 그런 옷을 입고 있는 것을 보니 이미 내 처가 될 마음을 굳힌 모양이다."

"허튼소리 하지 마!"

"어젯밤은 처음인 네게 무리한 것을 강요했다고 걱정하고 있었거늘."

마치 치사토가 호의적으로 코요를 받아들였다는 듯한 말에, 치사토는 도저히 참지 못하고 저도 모르게 대꾸하고 말았다.

"이건 이 집 사람들이 맘대로 입힌 거라고!"

그런 치사토의 반박에 코요는 더욱더 짙게 웃었다.

"그래도 상관없다. 이곳에 있다는 것이 네가 나를 받아들인다는 확실한 증거이니라."

사납게 노려보고, 암만 봐도 기뻐하는 기색 하나 없는 표정인데도 코요의 머릿속에서는 제멋대로 긍정적인 방향으로 해석되었다. 어떤 태도를 보여야 눈앞의 남자가 자신을 포기할지 곰곰이 생각하는 사이에도 코요는 주인 행세를 하듯 방을 성큼성큼 가로질러 치사토 앞에 무릎을 꿇고 앉았다.

"나머지 이틀로 넌 내 처가 될 것이다."

"그, 그건 당신이 멋대로 말한 거잖아."

"그것이 이 나라의 법이다."

"내가 알 게 뭐야! 내 세계에서는 그런 결혼 따윈 인정하지 않아!"

"치사토. 네 나라에서는 어떨지 몰라도 이 세계에서는 천황인 내 뜻이 통하지 않는 것따윈 없다. 네가 뭐라고 하든 머잖아 내 처가 될 것이다."

이 세계는 천황인 코요의 뜻이 곧 전부일 것이다. 머리로는 알고 있지만, 도저히 수긍할 수 없었다.

수긍할 까닭도 없었다.

치사토에게는 좋아하지도 않는 상대와 결혼한다라는 개념이 없었던 것이다.

"어젯밤은 처음인 까닭에 고통스럽기만 했을지 몰라도

염려 놓아라. 오늘밤은 네게도 쾌락을 가르쳐 주겠노라."

그렇게 말하더니 코요는 싫어하는 치사토를 억지로 껴안고 능숙하게 허리끈을 풀었다.

치사토가 혼자서 입으려면 머리를 쥐어짜야 하는 전통 복장.

아무리 잠옷 대신 입을 만큼 간소하다 해도, 복잡하게 묶여 있는 허리끈을 노련한 손놀림으로 풀어 나가는 코요를 치사토는 어딘지 자신과 상관없는 일처럼 무심하게 바라보고 있었다.

'이 자식, 역시 익숙해……'

자신보다 연상이고, 모든 사람이 우러러보는 천황이라는 지위인 남자. 여자는 마음껏 골랐을 테고, 부끄럽지만 (이 나이에는 당연하다고 생각하지만) 아직까지 여자를 사귀어 보지 않은 치사토와는 다르게, 경험이 많을 것이 틀림없다.

당사자만 아니면 같은 남자로서 부러워했을지도 모르겠지만, 공교롭게도 자신이 당하는데 그런 태평한 생각을 하고 있을 수는 없었다.

아니, 당한다… 라는 의미가 오늘은 조금 다르다.

치사토는 도망을 담보로 코요에게 이 몸을 바치려고 한다.

'여, 여자가 아니야, 한 번 당하면 두 번이든 세 번이든

똑같아.'

체념하는 심정으로 자신을 짓누르는 코요를 올려다보았
다.

하지만 그것이 미치도록 달아나고 싶어 하는 자신의 마
음을 속이기 위한 궤변이라는 것을, 치사토 자신도 깨닫지
못하고 있었다.

"……무슨 속셈을 꾸미고 있느냐."

"뭐라고?"

몸은 딱딱하게 굳어 있는데 어젯밤처럼 거세게 저항하지
않는 치사토를 내려다보며 코요가 물었다. 그 태도의 차이
가 극명했나 보다.

"치사토."

천천히 다가오는 얼굴에 치사토는 반사적으로 고개를 돌
렸다.

완전히 받아들이지 않았다는 태도가 훤히 보였지만, 아
무래도 그쪽이 남자는 마음에 든 모양이다.

"서서히 녹이는 재미가 있구나."

코요는 몸을 일으켜 자신이 입고 있는 옷을 벗어던졌다.

그러고 보니 어젯밤 피부에 닿았던 것은 차가운 천이었
다. 그저 하나가 되는 것만이 목적인 느낌이었고, 자신만
옷을 벗고 흉한 모습을 보였다.

'무엇을……'

가만히 바라보는 치사토에게 코요는 옷을 벗는 손을 멈추고 웃음을 보냈다.

"…윽."

뜻밖에 가슴이 두근 하고 설렐 만큼 고혹적인 미소다.

"어젯밤은 나도 푹 빠져들어서 옷을 벗는 시간조차 아까웠다. 하나 오늘은 서로 나신이 되어 몸 구석구석까지 맞대고 싶구나. 걱정 말거라. 동이 틀 때까지 밤은 길고, 누구도 천황인 나를 방해하지는 못할 것이다."

어젯밤과는 다른 수순에 치사토는 당혹스럽고 초조해졌다.

자신의 옷만 벗기고 이상한 약을 바르더니 눈 깜짝할 새 쑤셔넣었다……. 치사토의 기억이 그러했고, 오늘도 장난감처럼 희롱하다가 삽입만 할 것이라고 생각했는데 기모노를 벗기 시작한 코요를 보고 있자니 어쩐지 가슴속이 술렁이기 시작했다.

'뭐, 뭐야, 이거……. 이건 정말 섹스하는 것 같잖아……?'

옷도 벗지 않고 일방적으로 당하는 행위라면 치사토도 능욕 당했다는 피해자의 기분으로 항변할 수 있었다. 하지만 알몸이 되어 본격적인 섹스를 하는 분위기라면 자신이 완전히 이 행위를 받아들였다고 착각할 것이다.

"…읏."

반사적으로 도망치려고 했는데 코요의 다리 사이에 낀 몸은 생각대로 움직이지 않았다.

"왜 그러느냐. 이제 와서 저항하려는 것이냐?"

머리 위에서 웃음기 섞인 목소리가 들렸다. 올려다본 치사토의 눈에 상체를 드러낸 코요의 모습이 비쳤다.

"……!"

주위 사람들에게 보호받고, 유유자적한 생활을 보낼 것 같은 코요의 몸은 생각보다 탄탄해서 자신의 빈약한 몸과는 비교도 되지 않을 만큼 건장했다.

궁술과 검술 수련에 승마 같은, 일상적인 생활이 이런 늠름한 몸을 만든다니, 현대에서 생활하는 치사토로서는 상상도 못할 일이었다.

'어, 어쩌지……?'

커다란 손이 천천히 옷깃을 헤치고 들어와 치사토의 피부를 직접 만졌다.

"……읏."

찌릿찌릿한 느낌은 혐오 때문이라고 굳게 믿고, 치사토는 눈을 질끈 감았다.

　　　　*　　　　*　　　　*

　서로 용납할 수 없다고 생각한, 그것도 동성에게 유린당
하는 치사토가 어떻게 바뀌어갈지 그 육체의 변화와 함께
마음의 변화도 보고 싶었다.

　무슨 생각에 저항하지 않는지 모르겠지만, 이 좋은 기회
를 놓칠 까닭이 없었다.

　코요는 가슴부터 손을 넣어, 그대로 옷을 흩뜨리고 치사
토의 살갗을 드러냈다.

　'과연 청초한 피부다.'

　치사토는 다른 세계에서 왔다고 주장하고 있는데 그것은
의외로 사실일지도 모른다.

　음식이나 생활습관이 다르기 때문에 같은 사내인데도 이
토록 여인를 능가하는 피부를 지니게 되었을 것이다.

　천천히 목부터 가슴을 손끝으로 쓸어내리자 소리가 새어
나올세라 입술을 꽉 깨문 치사토가 고개를 돌렸다. 그것과
는 정반대로 손길이 닿을 때마다 희미한 떨림이 손끝에 느
껴졌다.

　겨우 한 번 스쳤을 뿐인데 이 아름답고 순수한 육체는 내
손길을 기억하고 있는 듯했다.

　그렇게 생각하자마자 가슴속에서 뜨거운 욕구가 끓어올

랐다.

'모두 내 것이다.'

처음은 시끄러운 신하들로부터 벗어날 수단으로 이용하고자 했지만, 주위에 있는 여인들과는 사뭇 다른 반응을 보이는 치사토에게 흥미를 느꼈고, 어젯밤 안아서 길들인 작고 보드라운 몸을 더 깊게 사랑하고 싶었다.

오늘 온종일 오늘밤에 있을 일을 생각하면 솟아오르는 감정을 억제하기가 어려울 정도였다.

치사토에게는 말을 듣게 하기 위해서 원래 세계에 돌아가고 싶지 않느냐고 겁박했지만, 처음부터 코요는 치사토가 다른 세계에서 온 사람이라고 생각하지 않았다. 치사토는 하늘이 코요에게 보낸 천인이다.

자신 앞에 내려온 이상, 그 몸은 자신이 맡는 것이 당연했고, 어젯밤 치사토는 괴로워하면서도 모든 것을 받아주었다.

'이제 하늘에 돌려보내지 않겠다.'

애써 손에 넣은 존재를 눈앞에 두고 놓아줄 마음 따윈 털끝만큼도 없었다.

"······으응."

가슴에 넣은 손을 빼내 단숨에 허리띠와 바지끈을 풀어, 치사토가 몸에 걸친 것들을 남김없이 치워 버렸다.

그대로 코요는 치사토의 가슴에 얼굴을 묻었다.

"흐윽."

담백한 소리가 울린다.

가슴을 혀로 더듬었을 뿐인데 소스라치게 놀라는 모습에 웃음이 절로 나와 코요는 눈을 크게 떴다. 내리깔린 치사토의 시선에 일부러 눈을 맞추면서 연분홍빛 돌기를 천천히 핥았다.

"뭐, 뭐야……."

하나가 되는 것을 최우선으로 한 어젯밤은 치사토에게 전희의 열락을 느끼게 해주지 못했다.

오늘 밤도 아픔만을 상상했겠지만, 코요는 상대방을 학대하면서 희열을 느끼는 요상한 취미는 없었다.

치사토를 진심으로 원하기 때문에 그 육체를 구석구석 사랑하고 싶어, 열매를 입에 머금고 입속에서 한껏 부풀리기 시작했다.

소년인 치사토는 당연히 가슴이 없었지만, 혀로 정성껏 빨아올리고 이로 살근 깨물자 작은 돌기가 기특하게도 돋아 올랐다.

"그, 그만둬."

이 한마디에 치사토가 느끼고 있다는 걸 알아차린 코요는 손을 뻗어 가슴을 움켜쥐고 주물렀다.

"아얏."

받아들이는 기색을 보였으면서 치사토는 아픔 탓인지 몸을 비틀어 코요에게서 벗어나려 하기 시작했다. 조그만 손이 어깨를 밀어내려 하지만, 앙상한 치사토의 팔이 미는 정도로 코요는 꿈쩍도 하지 않았다.

"이, 이게 아니야…… 웃."

울먹이면서 잠꼬대처럼 말하는 치사토의 말이 귀에 들어왔다.

혹시 치사토는 어젯밤처럼 갑작스레 딱딱한 것이 들어가 씨를 뿌리면 끝이라고 생각하는 것일까.

여자처럼 안기는 것에 공포를 느낄지도 모르지만, 코요의 처가 되기 위해 당연히 이루어져야 할 행위를 받아들이지 않으면 곤란했다.

'이제부터 내 정욕을 모두 쏟으리라.'

여전히 바르작대는 몸을 한손으로 누르고 코요는 가슴께에서 날씬한 배로 혀를 움직였다. 혀가 스쳐 지나갈 때마다 미세하게 떨리는 살갗이 몹시 매끄러워서 자신과 동성인 존재라고는 생각할 수 없었다.

천인은 성을 뛰어넘은 존재일지도 모른다고 속으로 감탄하면서 이윽고 코요의 얼굴은 치사토의 아랫도리까지 내려갔다.

"…사랑스럽구나."

치사토의 양물은 아직 겁에 질린 듯 성긴 덤불 속에 숨어 있었다.

아이같이 자그마한 그것에 가만히 손을 뻗자 치사토의 허리가 크게 휘었다.

"싫엇!"

거부하는 목소리는 아랑곳하지 않고 억지로 훑어 올리자 손바닥을 밀어내듯 금세 반응했다.

치사토의 생각과는 정반대로 솔직한 몸은 어느새 코요의 수음에 굴복했다.

"치사토, 네 것은 이미 달콤한 이슬을 흘리기 시작했다."

"거, 짓… 웃."

"거짓말이 아니다, 보거라."

지분대던 손을 눈앞에 내밀었다. 손끝에 내려앉은 이슬이 빛을 받아 반짝였다.

"……웃."

그 증거에 치사토는 입술을 깨물며 어색하게 고개를 돌렸다.

제 의지에 따르지 않는 몸의 반응에 동요하고 있는 것인지 모르겠지만, 마음보다도 먼저 몸이 자신을 받아들이고 있다는 증거라고 코요는 기쁘게 여겼다.

"부끄러워하지 말거라, 치사토. 순순히 이 쾌락에 몸을 맡기면 된다."

다시 양물을 손으로 감싸 이번에는 문지르는 것뿐만 아니라 엄지로 끝을 둥글리면서 주위의 주름을 간질인다. 폭 들어오는 앙증맞은 것을 갖가지 방법으로 주무르자 그것은 더욱 힘을 키워 우뚝 고개를 들었다.

바로 아래에 있는 얼굴을 엿보니 주어진 쾌락을 견디듯 눈을 굳게 내리감고 있었다.

하지만 코요가 양물 아래 자리 잡은 구슬까지 손을 뻗은 순간,

"아… 으흥."

지금까지와는 명백히 다른 신음 소리가 치사토의 입술에서 흘러나왔다.

코요는 그 반응을 확인하기 위해 고개를 듦과 동시에 올라붙기 시작한 구슬을 손바닥 안에서 굴렸다.

"훗…… 으응."

과연 몸의 반응은 어젯밤과는 전혀 다르다.

코요는 이제는 치사토의 중심에서 흘러나온 체액으로 젖은 주머니를 주물대면서, 그 또렷한 변화를 지켜보았다.

생리적인 자극을 주면, 아니, 남자라면 이 부분에 손길이 닿으면 원치 않아도 느끼게 되는 것은 자신도 경험한 적이

있었다.

그것이 동성의 손이라도 다르지 않다는 것은 지금 처음 알았다. 아무래도 반항적으로 쏘아대는 입과는 다르게 솔직한 몸을 함락하는 것은 뜻밖에 쉬울 듯했다.

"치사토."

"싫, 싫어, 놔 줘… 읏."

"이 정도로 이슬을 흘리면서?"

"……읏."

자신도 자각이 있었는지, 치사토의 온몸이 새빨갛게 물들어간다. 그 변화가 즐거웠다.

"나를 받아들여라, 치사토. 그러면 쾌락도 더욱 높아질 것이다."

"……싫어!"

"왜?"

"이, 이런 거, 내, 내 몸이 아니… 야!"

"눈을 피하지 마라. 너를 지금 안고 있는 것은 나이고, 나에게 안겨 있는 너는 이렇게… 쾌락을 느끼고 있지 않느냐."

"……아흣!"

강하게 움켜쥐자 치사토는 사랑스러운 울음소리를 냈다.

치사토의 것뿐 아니라 그것을 쥐고 있는 코요의 손까지도 적신 꿀은 그대로 코요를 받아들일 봉오리까지 흘러내렸다.

코요는 받은 호흡을 반복하는 치사토에 맞춰 손가락 한 개를 쑥 하고 집어넣었다.

"흡!"

향유를 쓰지 않아도 손가락은 비교적 부드럽게 끝까지 깊게 들어갔다.

'……뜨겁구나.'

자신의 것도 예민할 정도로 딱딱해졌지만 어젯밤처럼 갑자기 삽입하면 치사토의 기억에는 고통만 남는다.

쾌락에 빠져 스스로 원한다고 자각시키기 위해서라도 뜨겁고 좁은 치사토의 안으로, 천천히 어루만지듯, 익숙해지도록 손가락을 움직였다.

손가락을 한 개씩 늘릴 때마다 처음은 거부하듯 강하게 조여왔지만, 몸은 갓 잡아 올린 생선처럼 솔직하게 퍼덕였다.

"허윽!"

"기분이 좋으냐, 치사토."

"……렇지 않… 아!"

"고집스러운 녀석."

코요는 질렸다는 듯 그렇게 말했지만, 목소리에는 웃음기가 어려 있었다.

아무리 치사토가 부정하는 말을 내뱉어도 그 몸은 이미 코요의 지배하에 있기 때문이다.

"어리석구나. 지금 바로 즐겁게 해주마."

헛된 저항을 하는 치사토에게 즐거운 듯 말했다. 겁에 질린 눈빛이 돌아왔지만, 정작 자신은 어찌나 골내는 표정을 짓고 있는지.

'너를 사랑하기 때문이다.'

마음속으로 변명하면서 코요는 봉오리 속에 넣은 손가락을 뺐다. 끈끈한 실을 매달고 나온 손가락으로 다시 한 번 봉오리의 표면을 쓰다듬으며, 이미 떠받치지 않아도 충분히 일어선 자신의 양물을 그곳에 갖다 댔다.

"잠, 깐, 기다렷."

"기다릴 수 없다."

한쪽 다리를 어깨에 올리듯이 해 크게 벌려 허리를 들이밀자 끝이 미끄덩하고 봉오리 입구를 가르고 들어갔다.

아직 두 번째라고는 하나, 어제 오늘의 일이었다.

속살은 뜨겁고 좁으면서도 자신의 분신을 기꺼이 받아들였다.

"하아… 웃, 하웃."

"……윽."

'좁아.'

쥐어짜듯 옭아매는 속살에 당장에라도 허리를 움직이고 싶지만, 오늘 밤은 치사토에게 이곳에서 느끼는 쾌락에 눈 뜨게 해주어야 한다.

처문 뒤에도 당연히 몸을 섞을 테니까.

"아, 아파, 아프다고… 읏."

아이처럼 떼를 쓰는 치사토의 흐트러진 앞머리를 쓰다듬어 주며, 일단은 더 이상 아픔을 주지 않겠다는 듯 코요는 가만히 움직이지 않았다. 하지만 꿈틀대는 속살이 주는 압박에 코요는 그것만으로도 어제 이상의 쾌락을 느끼고 있었다.

"이 정도로 젖어 있는데 아플 리 없지. 게다가 내 배를 찌르고 있는 이 젖은 것은 무엇이냐? 네가 흘리는 꿀로 이곳도 흠뻑 젖었다. 그래서 그렇게……."

그렇게 말함과 동시에 코요는 가만히 멈추었던 허리를 앞으로 꾹 밀어본다.

"흐응!"

방금 전까지 아픔을 호소하고 있었는데도, 그 순간 치사토는 달콤한 목소리를 냈다. 그런 목소리를 낸 자신을 믿을 수 없었는지, 바로 입술을 앙다물고 얼굴을 돌린다.

그런데 치사토는 알아차리지 못하고 있는 걸까. 깊게 결합된 봉오리가 코요의 양물을 물어삼키고 놓아주지 않는다는 것을.

자신의 것을 코요의 배에 밀어붙이고 있다는 것을.

"오호, 이렇게나 네 속을 자유롭게 움직일 수 있구나."

"……아훗!"

크게 허리를 돌리자 치사토의 봉오리는 더욱 제 몸을 움츠리고, 손끝은 매달리듯 코요에게 달라붙어 있다. 어깨로 파고든 손톱이 아파서 눈썹을 찡그렸지만, 물론 움직임을 멈출 마음은 없었다.

"정말… 속이 알맞게 녹진해졌구나."

"아훗, 아아, 훗!"

칭얼대듯 도리질 치는 모습을 보면서, 코요는 개의치 않고 허리를 움직였다.

맞닿은 서로의 살갗이 땀에 젖었지만, 하반신의 이 질척한 소리는 땀이 아니라 치사토가 흘린 체액과 코요가 불끈 솟은 자신의 남근으로 속살을 헤집는 음란한 소리다.

'기분 좋다.'

처음에는 경직되어, 아픔을 느낄 정도로 좁았던 치사토의 속살은 몇번이고 들락거리는 사이에 약간이지만 유연해졌다.

"……웃."

코요는 치사토의 얼굴을 슬며시 보았다. 홍조로 붉어진 뺨에 물기 어린 눈동자.

어쩌면 깨물릴 수도 있다…… 그렇게 생각하면서도 코요는 밭은 숨을 몰아쉬기 위해 가느다랗게 열려 있는 치사토의 입술에 자신의 그것을 미치도록 넣어보고 싶었다.

"흐… 응."

도망가려는 작은 혀를 쫓아 뒤얽고, 거칠게 빨자 달콤한 콧소리를 울린다.

마음껏 입 속을 유린하고 서로의 타액조차도 누구의 것인지 모를 정도로 섞으며, 치사토가 그것을 삼킬 때까지 그대로 입을 떼지 않았다.

"치사토… 웃."

마치 진짜 여인과, 아니, 사랑하는 사람과 정을 나누는 듯한 기분이 되었다.

"아흑, 하아, 으흥."

"……하아."

"그만…… 아흑."

"이 정도로 나를 받아들이고 있는데 아직 거부하는 말을 흘리느냐."

점점 탐욕스럽게 자신의 것을 집어삼키고 조여오는 치사

토에게, 코요는 그것이 무의식중에 하는 요분질이라는 걸 알면서도 놀리듯 말했다. 원하는 것은 네 쪽이라고 치사토에게 가르쳐 주기 위해서다.

'이제 놓지 않겠어.'

가슴 깊은 곳에서 용솟음치는 치사토에 대한 사랑이라는 감정.

그것이 속궁합이 좋은 몸에 대한 것인지, 아니면 치사토 그 자체에 대한 것인지, 코요 자신도 처음 느끼는 감정에 판단이 서지 않았다.

그래도 이제 이 몸을 손에서 놓을 생각은 없다.

"내 씨를 네 안 깊은 곳에 뿌려주겠다. 웃. 혹시 사내의 몸으로도 내 황자를 품을지도 모를 일, 하아."

'진정 그렇게 되면 좋겠구나.'

그러하면 치사토도 자신이 살고 있던 곳에, 그 하늘에 돌아가고 싶다고 말하지 않을지도 모른다.

"제대로 받아들여……!"

"싫, 어!"

"……으윽."

격렬하게 치사토의 속살을 유린했던 것이 마지막으로 깊고 깊은 곳을 찌른 순간, 뜨거운 정이 그 안을 흥건히 적셨다.

품으라고 했던 말을 실행하듯 코요는 곧장 몸을 떼지 않고, 마치 그 정을 치사토의 속살에 바르려는 듯 뭉근하게 허리를 움직였다.

"빼… 라고…… 윽."

"……그건 힘들겠구나. 보아라, 아직 굶주린 모양이다."

계속 움직이던 양물은 치사토의 안쪽 기분 좋은 곳에서 꼿꼿하게 버틴 채였다.

욕을 퍼부을 정도로 기운이 남아도는 것 같구나, 라며 코요는 땀에 젖은 얼굴에 색기 어린 미소를 띠고 말했다.

"밤은 막 시작되었다. 치사토."

처문이라는 행위는 이 여자는 자신이 손을 댔다고 알리는 행위로, 밤새 금실을 확인하기 위한 것은 아니다. 처로 삼기 위함일 뿐의 의식이기 때문에 남자는 한 번만 정을 토하면 그대로 집을 떠나는 경우가 많다.

하지만,

"하아, 으응, 아… 흐읏."

자신의 몸 아래에서 하느작거리던 치사토. 이 치사토에게 몇 번이고 쏟아내고 싶었다.

자신의 것이라는 증거를 똑똑히 그 몸에 아로새기고 싶었다.

부딪힐 때마다 요염하게 눈썹을 찡그리고 온 힘을 다해

버둥거리는 치사토에게 자신이라는 존재를 각인시키고 싶어서 거듭 그 몸을 뒤흔들게 된 것이다.

"치사토…… 하아."

얼굴을 가까이 대자, 치사토는 유일한 저항이라도 말하고 싶은 듯 고개를 돌리려고 했지만, 그 가는 턱을 잡은 코요는 억지로 입술을 포갰다.

"웃…… 으응."

짙은 입맞춤에 입을 다물지 못한 치사토의 입가에게 가느다란 타액이 흐른다.

코요는 일단 자신을 빼냈다.

몇 번이나 토해냈어도 아직 시들지 않고 우뚝 솟은 기둥은 어서 그 뜨겁고 좁은 곳을 채우고 싶어 눈물을 흘리고 있었다.

"이제… 싫……."

"응? 내 것을 뽑지 말아달라고 부탁하는 것이냐."

"……웃."

"귀엽구나, 치사토."

코요가 빠져나간 치사토의 봉오리에서는 하얀 정이 흘러나오고 있다.

코요는 그대로 치사토의 몸을 뒤집고 숨 쉴 겨를도 주지 않고 다시 찔러 넣었다.

"크흡."

자신의 수풀이 치사토의 흰 둔부에 닿는다.

깊고 깊은 곳까지 뚫을 기세로 허리를 들쑤시자 치사토
는 상체를 받치던 팔의 힘이 빠진 건지 그대로 고꾸라져 코
요가 안고 있던 허리만 높이 쳐든 꼴이 되었다.

"어찌 그러느냐, 정신을 잃을 틈도 없거늘."

더욱더 치사토의 달콤한 신음 소리를 듣고 싶어서,

"아흑… 프… 다고!"

코요는 제자리에 앉아, 들어 올린 치사토의 몸을 그대로
자신의 허리 위에 올려 태웠다.

뒤에서 안긴 자세로 코요를 머금은 치사토는 체중 때문
에라도 그 어느 때보다 가장 깊게 코요를 느끼고 있을 것이
다.

"그만… 그만, 뒤…….."

울면서 애원하는 치사토의 고운 목덜미를 자국이 남을
정도로 세게 물었다.

"으으윽……!"

풍만한 가슴이 아닌 민둥민둥한 가슴의 연분홍빛 장식을
등 뒤에서 억지로 꼬집고 비틀며 코요는 치사토가 쉬는 것
을 허락하지 않겠다는 듯 계속 허리를 움직였다.

"……하아."

그대로 손을 내려 치사토의 것을 만져 보니 그곳은 애처롭게 고개를 떨구고 있었다.

하지만 젖은 손을 눈앞에 내밀어보니 희고 진득한 것이 손가락 끝에 들러붙어 있었다.

"아무래도 너도 느낀 모양이구나."

"……!"

치사토가 알 수 있게 손끝을 보이니 코요를 머금은 봉오리가 한껏 오므라든다.

목덜미와 귀까지 새빨개져서 코요는 저도 모르게 치사토의 귓불을 잇새에 넣고 혀로 희롱했다.

아무리 안아도 모자라다. 탐하고 탐해도 목이 마르다.

코요는 굶주림이 무엇인지 비로소 알 것 같은 기분이 들었다.

"……날이 밝아오는군."

코요는 제 팔을 베고 잠들어 있는 치사토를 바라보았다.

원칙대로라면 행위를 마치면 동이 트기 전에 물러나야 하는데, 매달리듯 감겨 있는 치사토의 팔을 도무지 떼어낼 수가 없었다.

하지만 이제 곧 하인들이 일어날 시간이다. 코요가 치사토의 침소에 은밀히 찾아왔다는 것을 알고 있다고는 하나,

관례로서 모습을 보여서는 안 됐다.

치사토의 머리를 살며시 내려놓고 일어난 코요는 나신이었던 자신의 몸에 재빨리 기모노를 걸쳤다.

'천황인 내가 알몸을 드러내다니.'

이런 식으로 몸을 전부 드러내고 누군가와 살을 부비는 것이 이 정도로 기분 좋은 일이라고는 생각지 못했다.

진심으로 서로를 원하고 있다고 느꼈고, 어젯밤은 주체할 수 없이 치사토를 원하고 그 몸의 가장 깊은 곳에 욕망을 쏟아 넣었다.

잉태할 리 없는 사내의 몸. 하지만 그 모든 것을 내 것으로 만들고 싶었다.

"……으."

"……."

코요는 뒤를 돌아 치사토를 바라보았다. 그 몸은 어젯밤 천으로 가볍게 닦아주었다.

천황인 자신이 상대에게 그런 행동을 하는 것 자체가 스스로도 믿기 어려웠다.

아니, 아마 그런 행동을 해주고 싶은 상대는 치사토뿐일 것이다.

'또, 오늘 밤에.'

오늘 밤도 한 번 더 치사토를 안으면 처문이 성립한다.

치사토가 아무리 싫어해도, 주위에서 아무리 반대해도, 기정사실이 된다.

옷을 갖춰 입은 코요가 발을 열고 바깥으로 나가자 건널복도에 하기노가 심각한 낯으로 무릎을 꿇고 앉아 있었다.

코요는 그런 하기노를 외면하고 정원에 내려가려고 신발에 발을 넣었다.

"폐하."

그러나 감정을 억누르는 듯한 하기노의 진중한 목소리가 들려, 코요는 과장되게 한숨을 쉬면서 발을 멈췄다.

"처문을 하는 자를 불러 세우는 무례한 짓을 그대가 하다니."

"무슨 심중이십니까?"

싫어하는 기색이 통하지 않은 모양이다.

"첫째 날은 탐구심이 강한 폐하의 호기심을 충족하시기 위한 것일 수 있습니다. 하온데 한 번으로 만족하지 못하셨습니까? 유희의 상대로 삼기에는 치사토의 부담이 지나치게 클 것이라 사료됩니다."

"…어찌하여 유희라 말하시오?"

"무례한 줄 알면서도 아뢰자면 소신은 지금까지 폐하가 진심으로 다른 이를 상대하시는 모습을 본 적이 없습니다. 정사에 관해서는 그토록 진지하게 열중하시는 분이 여인에 대해서는 놀라우리만치 차가우셨지요."

코요는 눈살을 찌푸렸다. 이 정도로 분명히 말을 꺼내 간 언을 받은 것은 처음일지도 모른다.

"치사토에게는 알아듣게 타일러 두었습니다만, 소신은 마음 한 구석에서 폐하가 오늘 밤 오시지 않을 것이라 생각하고 있었습니다."

항상 곁에서 섬기던 하기노에게도 이번 코요의 행동은 이해하기 어려운 부분이 있는 듯했다. 그것을 설명할 수 있으면 이야기가 빠르겠지만… 코요 자신도 이 강렬한 감정을 어떻게 표현해야 할지 갈피를 잡지 못하고 있었다.

"이 이상 말하면 어떻게 되는지 알고는 있소?"

"하오나 코토노님은 총애하셨습니다."

"…흐음."

'이대로 목을 베어버릴 수도 있어.'

으름장을 놓기 위해 허리에 찬 칼에 손을 댔지만, 하기노의 눈빛은 조금도 흔들리지 않았다.

이 말을 하는 데 얼마만큼 각오했을지 짐작한 코요는 칼에서 손을 떼고 매서운 눈빛으로 하기노를 노려보았다.

"저것을 주운 것은 나요. 그 순간부터 내 것이란 말이오."

"폐하."

"황후로 맞이하겠다고 한 말도 취소할 생각이 없소. 오늘 밤 처문이 끝나면 사실상 치사토는 내 처가 되오. 그리하면 대대적으로 공표하고 새 황후를 책봉하는 가례를 올릴 작정이요."

"치사토는 원래 자신이 있던 곳으로 돌아갈 생각입니다."

"돌려보내지 않겠소."

"폐하,"

"돌려보내지 않겠대도!"

코요는 강하게 쐐기를 박고 하기노의 시선을 뿌리치듯 정원을 가로질렀다.

'누구의 말도 듣지 않겠다!'

마치 괴이한 술수에 홀린 듯이 지금까지의 자신이라면 상상도 하지 못할 행동을 하고 있다는 걸 자각하고 있었지만, 다른 힘이 제 마음을 조종하고 있다고는 생각하지 않는다.

코요가 움직이는 것은 스스로가 바랄 때. 본능이 그렇게 지시하고 있다는 것도 잘 알고 있다.

*   *   *

눈을 떴을 때, 그 먼지내 폴폴 풍기는 시골 창고 안이었으면 좋겠다. 아무도 신경 쓰지 않고, 마음껏 내키는 대로 지냈던 그 공간으로 돌아가 있다면…….

하지만 치사토는 그것이 속절없는 꿈에 불과하다는 걸 알고 있었다.

몸 위에 덮인 기모노가 구겨질 정도로 세게 움켜쥐면서 치사토는 피가 배어나올 만큼 입술을 꽉 깨물었다.

"…으."

'내키는 대로…… 으.'

치사토는 속으로 욕설을 퍼부으며 자신의 몸을 꽉 껴안고 떨었다.

'나… 느꼈, 어…….'

고통과 혐오만을 느낀 첫 번째와 달리 두 번째인 어젯밤은 확실히 자신의 몸이 반응했다.

원래 세계에 돌아가기 위해서라고 눈을 질끈 감고 참아내려고 각오한 어젯밤.

하지만, 치사토의 몸은 그 남자의 애무에 느꼈고, 몸 속 깊은 곳을 꿰뚫릴 때도 통증은 처음뿐으로, 차츰 환희에 신음했다.

"…크읏."

분해 죽겠다. 자신도 모르게 몸이 달라졌다는 기분이 든다.

'이제 하루… 한 번만 더 하면 정말 끝날까……?'

또 그런 식으로 이성을 잃으면 자신의 결심과는 정반대로 그 남자에게 휘말릴지도 모른다. 성인 남자의 테크닉에 저항하기에는 자신이 너무 어렸다.

"도망… 갈까?"

도망치려면 지금밖에 없을 것 같았다.

'돌아갈 방법은 그 자식의 말이 맞을지도 모르지만… 일단 만월의 날까지 어디 숨어서 그날 그 정원에 숨어 들어가면 되잖아.'

두 번이나 몸을 허락했으니 새삼 고민할 필요 없을지도 모르겠지만, 이 이상은 곤란하다고 머릿속에서 경고음이 울리고 있었다.

처음에는 사흘 동안 세 번만 참으면 나머지는 별거 아니라고 생각했는데 어젯밤과 같은 섹스를 해버리면 그것도 불확실했다.

그 남자의 말에 꼭 따를 필요는 없겠지만, 몸의 변화에 극도로 불안해진 치사토는 무언가에 매달리듯 도망갈 궁리를 시작했다.

"하지만 뭐라도 드셔야……."

"정말로 먹고 싶지 않아요. 죄송합니다."

늦은 아침 식사를 나르는 여인에게는 미안하지만, 도저히 먹기가 힘들었다.

긴장과 불안으로 오히려 토할 것 같았고, 먹는 내내 곁에서 지켜보는 것도 거북했다.

"미안해요."

옷을 입혀주거나 식사 시중을 드는 그녀들은 치사토가 남자임을 알고 있다. 하기노가 특별한 사정이 있다고 미리 잘 설명했기 때문이다.

'그 일도 알고 있겠지…….'

아마도 치사토의 방에 코요가 드나드는 것도 알고 있겠지.

남자인데도 남자를 받아들이고 있는 게 알려졌다고 생각하면 창피해서 죽을 지경이지만, 새삼 부끄러워해 봤자 아무 소용 없을 것 같았다.

그것보다도 치사토는 이 시녀에게 협력을 청해야만 했다.

"저, 뭐 하나 물어봐도 될까요?"

"네, 무엇이 궁금하십니까?"

처음으로 치사토 쪽에서 적극적으로 먼저 말을 붙였기 때문에 그 시녀는 기쁜 듯 환하게 웃으며 대꾸했다.

"이 주변에 하기노 씨 같은 집만 있나요?"

"주인님과 비슷하다면… 귀족을 말씀하시는 건가요? 그렇다면 그 말씀이 맞습니다. 이 주변은 비슷한 지위의 분들이 살고 계시지요. 물론 이 저택이 제일 지위가 높지만요."

현대인과 마찬가지로 이 시녀도 소문을 좋아하는지 자신이 모시는 주인을 자랑하며 다른 곳에는 어떤 지위의 어떤 저택이 있는지 생각보다 자세하게 설명해 주었다.

대부분은 치사토가 이해하기 어려운 단어의 나열이었지만, 그 가운데 귀에 뜨이는 단어가 있었다.

"정적?"

"네. 주인님은 현재 폐하를 가장 가까이에서 모시는 분입니다만, 주인님이 태정대신에 오르시기 전, 지금 천황의 아버님인 선대 천황을 모시던 사이죠님이라는 분이 계셨고……."

긴 이야기를 요약하면, 본래는 코요의 아버지를 섬기던 사이죠(西條)라는 사람이, 다음 천황, 즉 코요가 즉위한 다음에도 중요한 지위를 유지했어야 했는데, 비뚤어진 코요는 그 사이죠의 관직을 한 단계 낮추고 하기노를 발탁했다고 한다.

'적이 생기고도 남을 녀석이네.'

천황이라는 지위는 무엇보다도 높고 누구도 거스를 수

없다고 하나, 차마 입 밖에 꺼내지 못할지라도 원망은 가슴에 쌓여가는 법이다.

"그 사람은 지금 어떤 지위에?"

"좌대신입니다."

"좌대신……."

'…그 사람이 좋겠어.'

그 남자와 하기노가 적대하는 관계라면 혹시 몸을 숨기는 데 도움을 줄지도 몰랐다.

아니, 그게 무리라 할지라도 약점일 수도 있는 것을 적에게 흘리면, 그것에 매달리느라 치사토에게까지 신경을 쓰지 않게 되거나, 혹은 그것을 고자질한 치사토가 싫어서 손대지 않게 될지도 모른다.

'어느 쪽이든 가만히 앉아서 오늘 밤을 기다리고 있을 수만은 없어.'

두 번째에 그런 식으로 이성을 잃고 말았다. 세 번째는 절대로 만나고 싶지 않았다.

오늘 밤 다시 한 번 안긴다면 이번에야말로 그나마 남아 있는 자존심마저 부스러기가 되고 말 것이다.

"이런저런 이야기를 해주셔서 감사합니다. 잠시 쉬고 싶으니 혼자 있게 해주시겠어요?"

시녀가 방에서 물러가고 얼마 뒤, 치사토는 이불 속에 가만히 누워서 이곳에 온 뒤로 자신이 지나다닌 방의 배치도를 떠올렸다.

물론 대저택이라고 할 정도로 방도 많고 정원도 넓어서 전부를 파악했다고는 할 수 없지만, 그래도 어떻게든 집밖으로 나갈 수 있을 것이다.

한 번 하기노가 상태를 살피러 왔지만, 치사토는 자는 척하며 그냥 돌려보냈다.

그리고―.

"……."

다시 찾아온 고요 속에 주위를 살피던 치사토는 천천히 몸을 일으켜, 발치에 놓인 상자에 들어 있는 기모노를 꺼냈다.

"입는 법은 잘 모르는데……."

코요의 저택을 나올 때 입었던 옷은, 아마 치사토의 존재를 알리고 싶지 않았는지, 화려한 것이 아니라 다른 궁녀들과 별반 다르지 않은 빛깔의 기모노였다.

그 기모노를 입는 법조차 치사토는 어슴푸레 기억하고 있을 뿐이었고, 확인할 만한 거울도 옆에 없었다.

그래도 몇 번인가 입혀졌던 때의 기억을 더듬어가면서 겉에만 보기 좋게 입고, 끌리는 바짓단을 어떻게 처리할지 고심하다가 가발을 달았던 끈으로 걷기 쉽게 복숭아뼈까지 올려 묶었다.

머리에는 기모노 한 겹을 푹 뒤집어썼다. 이것으로 남자 같은 짧은 머리도 들키지 않을 것이다.

"…이 정도면 괜찮으려나."

물론 제대로 된 착용법은 아니겠지만, 머리에 쓴 기모노로 대충은 속일 수 있을 것이라고 믿고 싶었다.

"……."

치사토는 신중하게 발을 들고 주위를 살피면서 정원 쪽으로 다가갔다. 조용히 쉬라는 배려에서인지 근처에 지키는 사람도 없는 것 같았다.

'지금이다.'

그대로 복도에서 정원으로 내려간 치사토는 되도록 나무가 우거진 쪽을 골라 걸었다. 정문으로 나가는 것보다는 뒷문 쪽이 눈에 띠지 않을 것 같았다.

"이보시오."

"……!"

조금 잰걸음으로 걷던 치사토는 갑자기 부르는 소리에 흠칫하고 발을 멈췄다. 뒤집어 쓴 기모노를 잡고 있는 손이 미세하게 떨렸다.

"어디를 가시오?"

목소리의 주인공은 하기노가 아니었다.

아마 저택을 지키는 사람인 것 같아, 치사토는 한시름 놓았다. 하지만 언제까지고 아무 말 없이 뒤돌아 있으면 오히려 수상하게 여길지도 모를 일이었다.

마음을 굳게 먹고 뒤를 돌아본 치사토의 눈에 비친 것은 예상대로 허리에 칼을 찬 남자였다.

"……심부름을 시키셨어요."

"심부름?"

"네, 예, 옆 저택까지………."

소문을 좋아하는 시녀는 옆 저택의 사람과 자주 왕래한다고 했다.

그곳에 가는 정도라면 그렇게 의심을 받지 않을 것이라고 생각에서였다.

치사토의 목소리는 낮지도 않지만, 여자처럼 높지도 않다. 신경 써서 말했지만, 들통 날까 봐 숨이 멎을 것 같았다.

'아래를 내려다보면 신발을 신지 않았다는 것도 들킬 거야…….'

"수고가 많구려. 문까지 데려다 드리리다."

"고, 고맙습니다."

다행히 치사토가 남자라는 건 들키지 않은 것 같다.

치사토는 몰랐지만, 이 시대의 여자들은 자기 가족 이외에 사람들에게 얼굴을 보이는 것을 천박한 행동이라 여겨 항상 고개를 약간 숙인 채 시선을 맞추지 않도록 주의하며 다녔다.

그 덕분인지 치사토의 행동은 남들이 보기에 매우 자연스러운 것이었고, 무사들은 침입자는 매서운 눈초리로 감시하지만, 안에서 밖으로 나가는 사람에는 그다지 주의를 기울이지 않았다.

"날이 저물기 전에 돌아오시오?"

"네, 네에."

"누구라도 같이 보내 드릴까?"

아마 치사토를 어리게 보고 친절을 베푸는 것이겠지만, 일행이 생기면 난처해지기 때문에 치사토는 다급히 고개를 저었다.

"괘, 괜찮아요. 금방 돌아올 거예요."

"그렇다면 조심히 다녀오시구려."

문까지 배웅한 남자와 문지기에게 고개를 숙여 인사한 치사토는 당장에라도 달리고 싶은 욕구를 애써 꾹 참고 천천히 천천히 걸었다.

'제발 발각되지 않았으면……'

전에는 우차를 타고 와서 눈여겨보지 않았는데 도로 폭이 상당히 넓기는 해도 당연히 아스팔트가 아닌 흙길이었다.

발에는 버선 엇비슷한 것 하나만 달랑 신었기 때문에 실제로 걸으니 아팠다.

'움직일 수 있는 기회는 지금뿐이야.'

치사토는 어딘가에 있을 사이죠라는 사람의 저택을 찾기 시작했다.

'발이… 아파……'

입고 있는 기모노가 청바지였더라면.

신고 있는 버선이 스니커즈였더라면.

익숙하지 않은 옷차림은 금세 치사토의 체력을 빼앗아갔다.

'하지만 멈추면 안 돼.'

멈추면 다시는 다리가 움직이지 않을 것 같았다. 그러면 치사토가 없어졌다는 사실을 안 하기노의 저택 사람들에게 따라잡힐지도 모를 일이었다.

그렇게 되면 무엇을 위해 도망쳤는지도 잊어버릴 것 같아 치사토는 일단 쉬지 않고 걸었다.

"하지만 벽이 다 똑같아……"

'문패도 없고……'

치사토가 보기에는 똑같은 모양의 흙담, 혹은 갈대나 대나무로 만든 울타리가 쭉 이어져 있었다.

집과 집의 구분도 모호하고, 각각의 문 앞에는 창 같은 것을 든 문지기로 보이는 남자가 버티고 있었기 때문에 안을 들여다볼 수도 없었다.

아무튼 상대는 코요다. 그 남자로부터 멀리 도망치려면 하기노와 견줄 만한 힘을 지닌 상대여야 했다. 치사토는 당장에라도 멈출 것 같은 다리를 어떻게든 앞으로 끌고 나가면서 목적지인 저택을 찾아 계속 걸었다.

얼마나 걸었을까.

"거기 여자, 비켜!"

"…윽!"

'뭐, 뭐야?'

별안간 머리 위에서 고함이 들려 치사토는 반사적으로 흙담에 등을 바짝 붙였다.

"키요시게(淸重)님이 행차하신다!"

그때 달려온 말 위의 인물이 눈앞에 있는 문을 향해 큰 소리로 외쳤다.

'키요시게는… 사이죠 씨와 다른 사람이겠지……?'

번지수가 있으면, 아니, 최소한 문패라도 걸려 있으면 알기 쉬울 텐데 그런 불평은 하나마나 한 것이었다.

일단 집밖에 나와서 처음 만난 사람이다. 확인 정도는 해두자고 지금 말이 달려온 방향을 뚫어지게 쳐다보았다. 말

몇 마리와 하인 같은 인물이 몇 명 걷고 있는 모습이 보였
다.

말에 탄 사람 가운데 누군가가 신분이 높은 인물이라는
것이 쉽게 짐작이 갔다.

'하지만……'

"계집!"

물어볼까? 아니면 가만히 듣기만 할까? 치사토가 망설
이고 있자,

"무슨 목적으로 여기에 있느냐?"

"네?"

그 모습을 매우 수상쩍게 여긴 몇몇이 칼 손잡이를 쥔 채
치사토를 에워쌌다.

남자들이 지니고 있는 물건이 연극에서 쓰는 소품이 아
니라는 것을 치사토는 이미 알고 있었다.

"썩 대답하지 못할까!"

"저, 저기."

"이 저택이 좌대신이신 사이죠 토키시게(西條時重)님의
저택임을 모를 리 없거늘!"

호통 속에 섞인 단어를 들은 치사토는 앗 하고 탄성을 질
렀다.

"사, 사이죠라면……."

드디어 목적지를 발견한 치사토의 목소리는 들떴지만,

"어디서 그 입을 함부로 놀리느냐!"

날카로운 칼끝이 목 언저리에 들이닥치자 아무 말도 못하고 몸이 경직되었다.

현대인인 치사토는 누군가의 이름을 존칭 없이 부르는 것이 버릇없는 행동이라고 생각지 않았지만, 아무래도 이 시대에서는 지위가 있는 사람을 그냥 부르는 것이 중죄에 해당하는 모양이다.

'죽, 죽이려는 거… 야?'

난생 처음 겪는 생명의 위협에 직면한 치사토는 다리에 힘이 풀려 주르륵 그 자리에 엉덩방아를 찧고 말았다.

"이봐."

"멈추어라."

주저앉아 있는 치사토의 팔을 잡으려고 남자 한 명이 손을 뻗은 순간, 근처에서 다른 목소리가 들렸다.

"키요시게님, 수상한 자 가까이에 다가오시면……."

"그래 봤자 여인 아니냐."

"누군가의 명을 받고 온 자일지도 모릅니다."

"내가 직접 이야기해 보겠다."

정신을 차려보니 치사토의 눈앞에 낯선 젊은 남자가 허리를 굽혀 얼굴을 들여다보고 있었다.

겁에 질린 표정을 감추는 것도 잊어버린 채 치사토는 그 젊은 남자의 얼굴을 애원하듯 쳐다봤다. 남자의 눈빛 속에 살기가 전혀 보이지 않았기 때문이다.

"내 저택에 무슨 용건이 있느냐?"

서늘한 눈매에 수려한 용모의 젊은 남자. 코요와 비슷한 나이인 남자는 그렇게 다정하게 물었다. 치사토는 이윽고 떨리는 입술을 살며시 열었다.

"사, 사이죠님에게 부탁이……."

*　　　*　　　*

"치사토가 도망쳤다고?"

광려전에 파발마를 보낸 하기노의 급보에 코요는 쓰다 만 서책을 떨어뜨리고 벌떡 일어섰다.

처문도 오늘로서 삼 일째. 오늘밤 치사토와 함께 밤을 보내면 코요와 치사토는 실질적인 부부가 된다. 그것을 온 세상에 공표하기 위한 수순을 착실히 밟고 있는 도중에, 그것도 가장 중요한 치사토가 도망치다니 코요는 순간 할 말을 잃었다.

이번 처문이 치사토의 뜻과 반대인 것은 알고 있었다.

말로도 태도로도 거부하고 있었고, 코요 자신도 처음에

는 제 목적을 위해 치사토를 자신의 것으로 만들려고 했다.

하지만 실제로 안은 치사토의 몸은 남자임에도 이제까지 안았던 수많은 여자들보다 신비롭고 코요의 몸과 가장 잘 맞았다.

사내를 모르는 미개척지는 코요의 것을 꽉 집어삼키고 지금까지 느껴보지 못했던 쾌락을 맛보게 해주었다.

한 침상에서 밤을 보낸 뒤부터 싹트는 연정이 있다는 것을 코요는 인정할 수밖에 없었고, 치사토 본인도 코요의 애무에 환희의 소리를 질렀을 터였다.

그런데 치사토가 도망쳤다. 자신의 등에 손을 두르려 하느작대던 치사토의 몸짓은 모두 자신의 눈을 속이기 위한 거짓이었단 말인가.

"송구하기 그지없습니다."

입맛이 없는지 식사도 먹는 둥 마는 둥 대충 하고 아침부터 골똘히 생각에 잠겨 있던 치사토가 쉴 수 있도록, 하기노를 비롯해 시중을 드는 시녀도 물러나 있었다고 한다.

하지만 식욕이 없었던 치사토를 걱정한 시녀 하나가 과자를 들고 가서 말을 붙여도 전혀 응답이 없었다. 침소를 슬며시 들여다보고 나서야 비로소 치사토가 없다는 것을 알았다고 한다.

"입고 왔던 옷이 보이지 않는 걸 보니 필시 그것을 걸치고 나간 듯합니다."

하인을 총동원해서 저택 안을 샅샅이 뒤졌으나 찾지 못했다.

하기노의 문책에 시녀들은 입을 모아 별다른 기미는 보이지 않았다고 하였다. 그러던 중 저택을 지키는 문지기 중 하나가 새파랗게 질린 낯빛으로 송구하오나, 라고 조금 전에 있었던 일을 고해왔다.

"그자의 말에 따르면 한 여인이 심부름을 간다며 뒷문으로 나갔다고 합니다. 그 여인이 치사토인 듯합니다."

하기노는 문지기의 이야기를 듣자마자 저택 밖을 수색하기 위해 곧장 무사들을 보내고 자신은 바로 코요에게 보고를 하러 왔다고 했다.

"죽을죄를 지었습니다. 설마 그 몸으로 움직일 거라고는……."

자신의 실책 때문이기도 하지만, 정작 하기노 자신도 치사토가 걱정되어 안절부절못하는 듯 보였다.

만난 지 얼마 되지 않은 치사토에게 어째서 그 정도로 깊은 정을 느끼는 것인지 하기노에게 따질 수도 없는 노릇이었다.

코요는 자신도 이미 치사토에게 빠져들었음을 느끼고 있

었다.

청순가련한 외모는 물론이거니와 천황인 자신에게 결코 굴하지 않는 고집이, 달콤한 육체의 음란함이, 전례 없는 흥미를 불러일으켰다.

절대로 놓아주지도 놓치지도 않을 것이다.

'어디로 도망갔을꼬⋯⋯?

코요가 하기노의 저택에 처문을 다닌다는 소문이 이미 궁내에 파다하게 퍼졌다. 얼굴은 모르더라도 하기노의 저택에서 왔다는 것이 알려지면 치사토의 처지를 알아채는 자가 나올 수도 있다.

"⋯행방은?"

"바로 찾고 있습니다. 여인을 가장한 차림이라 하니 소신의 저택에서 그리 멀리 가지는 못했을 것이나⋯⋯."

잠시 말을 끊은 하기노는 희미하지만 눈살을 찌푸렸다.

"소신의 저택 주변에는 정적의 주택도 있는지라⋯⋯."

"정적?"

"시중을 들던 시녀가 사이죠의 이야기를⋯⋯."

"사이죠라 하면⋯ 좌대신 말이오?"

천황의 자리를 물려받았을 때, 측근을 결정하는 일로 갖가지 문제가 발생했다.

코요는 아직 젊으나 실적이 있는 하기노를 중용하고, 선대부터 조정을 섬기던 사이죠의 관직을 한 단계 격하했다.

명예보다 실리를 취한 선택이었지만, 사이죠가 통한의 눈물을 흘렸다는 소식은 들었다.

그 탓에 원망을 사게 되었을 터이나, 사이죠가 무어라 항변하든 천황인 코요의 말은 절대적인 것이고, 지금까지는 제법 조용히 지냈다고 생각했는데…….

"설마 사이죠에게?"

"만에 하나라는 것도 있기 때문에 사람을 하나 보냈습니다. 결과는 곧 판명날 것입니다."

하기노의 말이 끝나기가 무섭게 코요가 자리를 박차고 일어섰다.

이곳에서 한가로이 보고를 기다리고 있을 수만은 없었다.

*   *   *

대문에 들어서자 하기노의 저택과 마찬가지로 크고 중후한 사이죠의 저택이 보였다.

다만 하기노의 저택이 어딘지 모르게 간결한 데 반해 이 저택은 장식이 다소 화려한 느낌이었다.

'하긴 이곳 사람은 이전 천황 시대부터 지위가 높았다고

했지.'

치사토는 방을 지날 때마다 주위를 두리번거리면서 시녀에게 들었던 소문을 떠올렸다.

소문에 따르면 그 당시에는 제법 위세를 떨쳤다고 한다. 혈통은 좋을지 몰라도 치사토가 보기에는 벼락부자에 가까운 인상이었다.

권력을 쥐면 덩달아 생활도 화려해지는 것일까⋯⋯. 치사토가 이런 생각에 빠져 있는데 복도에서 인기척이 들리고 아까보다 편한 복장으로 갈아입은 그 젊은 남자가 모습을 드러냈다.

"기다리게 해서 미안하다."

"아, 아니에요."

점잖은 사과에 치사토가 몸 둘 바를 몰라 했다. 주눅이 들었다고 느낀 건지, 남자는 쓴웃음을 지으며 치사토 앞에 책상다리를 하고 앉아 말을 이어갔다.

"나는 사이죠 키요시게라고 한다. 현 좌대신 사이죠 토키시게의 장남이지. 너는 아버님께 무슨 용건이 있는 것이냐?"

"네, 네."

'다행이다. 역시 이곳이 좌대신의 집이었어.'

제법 오래 걸은 기분이 들었지만, 실제로는 그렇게 먼 거리가 아닐 수도 있다.

정적이라고 할 만한 두 사람이 이렇게 가깝게 살다니 놀랐지만, 이 시대에는 거리를 만들 때 신분이 높은 사람의 집을 한곳에 모아서 지었을 수도 있다.

더욱이 몇 년 전 하기노가 출세하기 전까지는 사이죠에게 하기노는 정적이 아니었을 것이다.

'뒷배가 없다고 무시당한 것 같기도 하고……'

거기에는 복잡한 사정이 있겠지만, 당연히 치사토는 모르는 일이었다.

"네 이름을 물어도 되겠느냐?"

"네, 네, 저는… 코미야 치사토라고 합니다."

그 순간 가명을 댈까도 생각했지만, 수상하기 짝이 없는 자신의 이야기를 들어주려는데 성의는 보여야 할 것 같아서 치사토는 잠깐의 망설임을 뒤로하고 본명을 말했다.

"코미야 치사토? 귀여운 이름이구나."

"어, 그게, 그러니까……"

치사토는 눈앞에 앉아 있는 사이죠를 흘끗 올려다보았다. 그 눈에서 의심하는 기색은 엿보이지 않았다.

이 사람이라면 자신의 호소를 단칼에 거절하지는 않을 것 같았다.

하지만 어떻게 이야기를 꺼내야 할지 몰라 치사토가 주

위에 시선을 돌리며 주저하자 그것을 눈치챈 듯 키요시게는 옆에 대기하고 있던 사람들에게 신호를 보내 물러나게 했다.

그 배려가 정말로 기뻐, 그와 동시에 마음이 놓인 치사토는 다급하게 입을 열었다.

"저, 저는 하기노 씨… 님에게 신세를 지고 있는데……."

"하기노? 태정대신인 하기노님을 말하는 것이냐?"

"…윽."

'분위기가 달라지는걸?'

키요시게의 부드러운 미소가 눈에 띄게 딱딱해졌다.

하기노의 이름을 잘못 꺼낸 것인지 후회했지만, 그렇다고 이제 와서 아니라고 할 수도 없는 노릇이었다.

'그, 그 이야기가 그냥 소문이 아니었구나…….'

선대 천황이 붕어하고 코요가 새 천황의 자리에 오를 때, 사이죠 토키시게는 자신의 태정대신이라는 지위가 흔들릴 것이라고는 추호도 의심하지 않았다고 한다.

하지만 그 무렵에는 이미 급부상하기 시작한 하기노에 비해 정치적 수완과 행동력이 뒤져 있었다.

그러던 중에 새로운 천황의 새 어명을 받은 쪽은 사이죠였다. 당시 태정대신의 지위가 한 단계 낮아지고, 천황 다음 가는 권력자인 새 태정대신이 된 것은 하기노였다.

고작 한 단계, 그러나 그 차이가 하늘과 땅만큼 먼 것 같았다.

온갖 권력을 손아귀에 쥐고 있었던 사이죠는 하룻밤 새 새파랗게 어린 하기노에게 고개를 조아리는 입장이 되었다.

이 등용에 이의를 제기한 자도 있었던 것 같지만, 하기노는 실력으로 그 의견을 꺾어 눌렀고, 무엇보다 코요의 마음이 굳건했기 때문에 현재는 하기노를 따르는 자도 많은 것 같았다.

그 이야기를 들었을 때 치사토는 도무지 납득이 되지 않았다.

실력이 더 뛰어난 사람이 지위가 올라가는 것은 당연한 이치고, 젊은 사람이 더 낫다는 것도 수긍이 갔다.

게다가 지위가 겨우 한 단계 낮아졌다는 건 그래 봐야 코요와 하기노 다음의 세 번째 실력자라는 뜻인데 그걸로 충분한 것 아닌가.

하지만 치사토의 생각과 이 세계는 상당히 다른 모양이다.

얼마 동안 키요시게는 치사토를 관찰하는 듯한 눈빛으로 바라보았다.

무언가를 찾는 것 같은 그 눈빛에 치사토는 얼굴을 들 수가 없었다.

"하기노님은 따님이 없는데… 너, 설마?"

"네?"

"오늘 궁에서 소문을 들었다. 폐하께서 처문을 하시는 어인이 있다고. 대정대신의 저택에 몸을 의탁하고 계시는 분이라고 하던데… 설마, 그것이 너라고 말하는 것이냐?"

목소리도 치사토를 추궁하는 것으로 바뀌었다. 하기노와의 갈등이 이 정도로 뿌리 깊으리라고는 예상치 못한 치사토는 혹시 다른 위기가 닥치는 것은 아닐까 몸을 움츠렸다.

그런 치사토의 태도에 키요시게를 둘러싼 긴장감이 약간 누그러졌다.

"…아무것도 모르다니, 너는 참으로 순진하구나……."

"저, 저기."

"사이죠 가문에서 하기노님의 이름을 입에 올려선 안 된다."

"……!"

"하기노님은 확실히 실력이 뛰어난 분이지만, 그래도 오랜 세월 선대 천황을 섬긴 아버지의 공로를 가벼이 여기는 지금 천황의 방식은 이해할 수 없어. 내가 이런 말을 했다는 것이 천황의 귀에 들어갔다간 총비인 네가 말했다 생각하겠다. 당장에라도 벌을 내릴 것이야."

고자질할 것이다…… 그렇게 생각해도 어쩔 수 없는 게 지금 자신의 처지겠지.

'솔직히 말하는 게 좋겠지……?'

하기노와는 정적이라고 해도 눈앞의 이 남자도 코요를 섬기는 사람임은 틀림없다.

그래도 이 정도로 그 남자에게 적개심을 품고 있다면—.

치사토는 무엇 때문에 하기노의 저택을 빠져나왔는지 떠올리며 마음을 굳히고 고개를 들었다.

"부탁이 있어요."

"부탁?"

치사토는 제자리에 바짝 엎드렸다.

"나를, 저, 저를 부디 숨겨주세요!"

"…숨겨달라?"

"전 하기노님의 저택에 신세를 지고 있고 그곳에… 그 천황이 오셨어요. 하지만 저는 천황과 결혼할 마음이 전혀 없어요!"

"……무슨 소리를 하는 게냐."

키요시게가 의아한 목소리로 물었다.

이상하게 생각하는 것도 무리는 아니었다. 이 시대에 사는 여자였다면 신과도 동등한 천황에게 선택받았다는 것

자체가 크나큰 영광일 테니까.

하지만 치사토는 이 시대 사람도 아니고, 무엇보다 남자다.

남자의 몸으로 남자의 밑에 깔리는 것이 얼마나 굴욕스러운지, 얼마나 두려운지, 말로는 설명할 수 없었다.

이튿날 안겼을 때, 마음과는 정반대로 몸이 느낀 것도 충격이었고, 아무튼 치사토는 더 이상 코요가 제 몸을 만지는 게 싫었다.

"처문이라는 것은 삼 일 연속하지 않으면 의미가 없다고 들었어요. 오늘이 삼 일째입니다. 오늘만큼은 그 사람을 보고 싶지 않아요!"

"그 사람… 이라고."

"안, 안 되나요?"

스스로도 터무니없는 이야기라는 건 자각하고 있었다. 치사토에게는 그저 오만한 남자에 불과한 코요도 이 세계 사람들에게는 가장 위대하고 소중한 천황일 텐데, 그 천황을 만나기 싫다고 하는 것은 평상시라면 불경죄에 해당할 것이다. 아무리 사이죠 가문의 사람이 코요에 대해 좋지 않은 감정을 가지고 있다고 해도 말이다.

그 전에 난데없이 나타난 치사토의 말을 키요시게가 믿어주지 않으면 그걸로 끝이었다.

'그렇다 하더라도 이젠 시간이 없어.'

이 부탁이 물거품이 된다면 더 이상 다음 방법을 생각할 시간이 없다.

이렇게 부탁하는 사이에도 하기노의 추격대가 이 근방에도 찾으러 올 것이다.

"치사토."

한참 뜸을 들인 뒤 키요시게가 입을 열었다.

"내 아버님은 좌대신이라는 직책이고, 하기노님은 그 위에 계신 분이다. 원래대로라면 너를 하기노님의 저택에 되돌려 보내야 하는 입장인 것은 알고 있느냐?"

"……윽."

키요시게의 정론에 치사토는 입술을 깨물었다.

아무리 하기노의 정적이라고 해도 같은 코요의 신하인 사이죠의 도움을 구하는 것은 잘못된 판단이었을까.

하지만 곧이어 키요시게는 치사토의 눈앞까지 바짝 다가와 어깨에 가만히 손을 올렸다.

"하나 우리 사이죠 가문과 하기노님은 갈등의 골이 깊다. 만약 이 자리에 아버님이 계셨다면 네 청을 즉시 받아들이셨을 것이다."

키요시게의 입꼬리가 음흉하게 일그러졌다.

"가벼운 유희가 아니라 정실부인으로 삼기 위해 처문까

지 하실 정도로 총애하는 여인이, 심복인 하기노님의 저택에서 도망쳐 이곳까지 왔구나. 행운인지 광풍의 불씨인지……. 천황과 하기노님이 쩔쩔매는 모습을 보는 것도 썩 재미있겠구나."

"그, 그렇다면……."

"천황과 나는 나이도 그렇게 차이 나지 않아. 선대 천황보다도 성황이라고 칭송받고 있는 그분과 달리 나는 아직 장인소의 총책임자인 장인두(藏人頭)에 지나지 않는다. 그런 애송이도 세상을 움직일 수 있다고 생각하느냐?"

그렇게 말하고 키요시게는 천천히 일어섰다.

*   *   *

사이쬬의 저택 문 앞에 말을 타고 달려온 코요는 창을 든 문지기에게 다짜고짜 소리부터 질렀다.

"문을 열라!"

천황의 긴급 호출이 있을 때만 오는 파발마 위에 앉아 있는 코요는 남의 눈에 띄지 않도록 머리에 여자 옷을 쓰고 있었는데 오히려 그 이상한 차림이 문지기의 경계심을 강화시킨 듯했다.

"누구냐!"

저택의 얼굴을 지키는 문지기로서는 올바른 대응이었겠지만, 코요는 지금 일일이 상대하고 있을 여유가 없었다. 한시라도 빨리 치사토의 무사한 모습을 확인하고 싶어서, 말 위에서 문지기를 호통 쳤다.

"내 얼굴을 모르느냐!"

머리에 쓴 기모노를 확 벗어던지고 고개를 들자 문지기의 낯빛이 순식간에 창백해졌다.

종종 사이죠의 연회에 초청받아 저택에 온 적이 있었기 때문에 문지기도 코요의 얼굴을 똑똑히 기억하고 있는 듯했다.

"폐, 폐하?"

"사이죠에게 긴급한 용건이 있다. 어서 문을 열래도."

"네, 넵."

문지기는 손에서 창을 던지고, 서둘러 문을 열도록 안쪽에 전했다.

곧이어 활짝 열린 문 너머에는 호위무사 몇 명이 있었으나, 모두 코요의 얼굴을 보자마자 한쪽 무릎을 꿇고 머리를 숙였다.

"사이죠는 어디 있느냐."

"이, 이쪽으로."

천황인 자신이 종자 한 사람 거느리지 않고 이런 식으로 말을 타고 온 것에 무언가 큰일이 벌어졌다는 것을 느낀 듯했다.

당황한 듯 허둥지둥 앞장서는 남자를 보고 말에서 내린 코요는 안내를 따라 저택 안쪽으로 발걸음을 옮겼다.

머릿속으로는 자신에 대해 좋지 않은 감정을 품은 자의 저택이므로 경계해야 한다는 것을 알고 있었지만, 도저히 조급한 마음을 억누를 수 없었다.

하기노로부터 치사토가 도망쳤다는 보고를 받았을 때, 코요는 '역시'라고 생각하면서도 한편으로는 '왜'라는 의문이 강하게 들었다.

설령 치사토가 남자일지라도, 애초에 아무도 치사토의 진짜 성별을 모르고, 무엇보다 세상에서 가장 강한 권력을 가진 천황인 자신의 결정에 거스르는 자는 없다. 또한 당장은 치사토가 싫어한다고 해도 결국에는 몸과 마찬가지로 마음도 받아들일 거라고 믿었다.

치사토를 자신의 것으로 만들면 그다음부터 느긋하게 앞으로의 일을 고민하리라 생각했다. 치사토가 진정 이 세계의 인간이 아니라면 그대로 붙들어놓고 놓아주지 않으면 된다.

오늘 밤이 처문의 마지막 날, 내일이 되면 치사토는 자신의 처가 될 것이었다.

"폐하."

건널복도를 걷고 있으니 갑자기 누군가 말을 걸어와 코요는 그쪽으로 시선을 돌렸다. 그곳에는 한 남자가 서 있었다.

"키요시게님, 방금 폐하가……."

"물러가거라."

당황한 듯 설명을 시작하려던 가신을 물리고 젊은 이 집의 주인이 무릎을 꿇어 예를 갖췄다.

코요도 몇 번인가 본 적이 있는 좌대신의 아들. 장인두인 사이죠 키요시게다.

"갑작스러운 방문에, 마중도 나가지 못한 결례를 범했습니다."

"괜찮다."

"부친 토키시게는 공교롭게도 부재중입니다."

"좌대신에게 용건은 없다."

이 세계에 치사토가 기댈 만한 상대는 없을 터였다. 있었다면 그토록 심한 고통과 굴욕을 참아내면서 자신에게 안기지는 않았을 것이다.

그렇다면 어디로 갔을까.

치사토가 하기노의 정적인 사이죠에 관한 것을 시녀에게 들었다는 말에 코요는 치사토가 그곳에 있다는 걸 직감했다.

보통 좌대신의 저택을 혼자서 찾는 것은 생각하기 어려우나, 치사토가 이 세계의 인간이 아니라면 충분히 그 정도의 엉뚱한 짓을 저지를 만했다.

그렇게 생각하자 가만히 있을 수 없어서, 코요는 말리는 하기노의 말을 듣지 않고 말을 달려 사이죠의 저택까지 온 것이다.

"부친이 아니시라면 무슨 용무로 제 저택에 오셨습니까?"

"찾으러 왔다."

코요는 즉시 그렇게 대답하면서도 키요시게의 이 태도에 불신을 품었다.

보통 아무 기별 없이 천황이 단독으로 저택을 방문하면 더 허둥대는 것이 당연했다. 그런데 나이에 걸맞지 않게 침착한 모습이······.

'무언가 알고 있구나.'

코요는 자신에 대한 사이죠 측의 불신이 이 정도였다니 의외였다.

아버님이 사이죠를 극진히 아꼈다는 것은 알고 있었지만 천황이 바뀌면 세상이 바뀐다. 자신에게 진정 필요한 자를 불러들이는데 불만을 들을 만한 입장 따윈 아니었다.

'새 황후를 맞으라고 가장 귀찮게 진언한 것이 사이죠였지.'

코요는 정사에 흥미가 있어 신하들에게 전부 맡기지 않고 손수 정사를 돌봤지만, 그것을 귀찮게 여기는 자가 분명히 있었다.

사이죠는 그런 자와 손을 잡고 코요가 여색에 빠지도록 내통한 기미가 있었다.

황후가 세상을 떠난 뒤에는 더욱 뚜렷이 드러나, 전혀 여자를 탐하지 않은 것은 아니나 새 처를 맞겠다는 열의도 없었던 코요에게 혼담이 빗발치듯 들어오기 시작한 것은 어느 무렵이었을까.

지금 와서 생각해 보면 사이죠가 복권을 위해 획책한 것이라는 생각이 들 정도였다.

그런 사이죠 측에 지금 단계에서 치사토의 존재가 알려진다면 어떻게 될까.

'치사토를 이용해서 나를 꼭두각시로 만들지도 모른다.'

부친인 사이죠가 아니라 아들인 키요시게가 어디까지 알고 있는지 코요는 가늠하기 위해 약간의 비유를 섞어 표현했다.

"이곳에 길 잃은 고양이가 온 것 같은데."

"고양이? 어떻게 생긴 고양이입니까?"

"크고 까만 눈망울을 한 흰 새끼고양이다."

"글쎄요. 그런 고양이는 저택에서 본 적이 없습니다. 하오나 만약 그런 고양이가 있다면 귀여워서 놔주지 않고 소신이 보살필 것 같습니다만……."

'틀림없는 치사토다.'

코요의 비유에 키요시게도 비유로 답했다. 그 단호한 어조에 코요는 이 저택에 치사토가 있다고 확신했다.

명을 내려 저택 안을 샅샅이 뒤질 수는 있으나 그사이에 치사토가 다시 도망칠 가능성이 있다.

게다가 만약의 경우 치사토의 모습이 보이지 않는다면… 그것이야말로 사이쇼에게 커다란 약점을 잡히는 일이 될 수 있다.

치사토의 존재는 극히 일부만 알고 있는 데다, 총애한다고 하나 처문을 끝내지 못한 지금, 치사토는 아직 특별한 존재가 아니었다.

오늘, 삼 일째가 얼마나 중요한 날인지 알고는 있는 건지 화가 치밀었지만, 이곳에서 평정심을 잃어서는 안 된다는 생각에 코요는 주먹을 꽉 움켜쥐었다.

'일단 물러서는 편이 좋겠군.'

치사토가 이곳에 있다는 사실은 확인했다. 나머지는 밤이 오기 전에 치사토를 보호할 대책을 세우는 수밖에 없다.

"알았다. 혹시 그 고양이를 발견하면 잘 타이르거라. 나는 정이 깊은 남자라고 말이다."

코요는 발길을 돌렸다. 등 뒤에서 강한 시선을 느꼈지만, 굳이 돌아볼 필요도 없었다.

*　　　*　　　*

치사토는 저택의 가장 안쪽 방으로 안내받았다.

이곳은 여자가 쓰던 방인 듯 분 냄새가 은은하게 배어 있었다.

'괜찮을까……?'

두려워하던 대로 코요가 보낸 사람이 온 모양으로 부산스럽게 사람들이 오가는 통에 치사토는 불안하기 짝이 없었다.

키요시게는 염려 놓으라고 안심시킨 뒤 대응하러 나갔지만, 그가 자신의 존재를 끝까지 숨길 수 있을지 너무나도 걱정스러웠다.

"…윽."

"어디에?"

도저히 가만히 있을 수 없어서 발 너머로 슬쩍 나가려고 하자 시녀들 중 하나가 말을 걸었다.

"저, 저기, 잠깐 상황을……."

"안 됩니다."

"하지만……."

"치사토님이 저택에 계신 걸 알려서는 안 됩니다. 부디 키요시게님의 허락이 계실 때까지 이곳에 얌전히 계십시오."

"……."

숨겨주겠다고 장담한 키요시게도 어차피 궁에서 일하는 사람이다. 이대로 이곳에 있어도 좋을지 치사토는 이제 와서 새삼 망설였다. 사람을 보낼 정도로 쉽게 의심받는 곳이라면 이곳이 아닌 다른 곳을 찾는 쪽이 나을 것 같았다.

생각하면 생각할수록 불안해진 치사토가 다시 한 번 일어서려고 했을 때,

"나다."

"…윽."

갑자기 발 너머에서 목소리가 들리고 대답을 하기도 전에 키요시게가 모습을 드러냈다.

"저, 저기."

어떻게 되었는지 다그치듯 물어보려고 하는 치사토에게 키요시게는 의외로 환하게 웃어 보였다.

"폐하는 돌아가셨다."

"천황? 그, 그럼 본인이 직접 이곳에?"

틀림없이 하기노나 다른 심부름꾼이 찾아왔을 것이라고 생각했는데 설마 코요가 직접 발걸음을 할 줄은 몰랐다.

하기노에게 보고를 받자마자 바로 이곳에 달려온 것일까.

'내, 내 행동이 그렇게 파악하기 쉬웠단 말이야?'

"네 이야기를 의심하는 것은 아니었다만, 폐하가 친히 오신 걸 보면 네 말이 전부 사실임을 알겠다. 하나 일단 폐하가 돌아가셨다고 해서 이곳에 편하게 있을 수만도 없어. 치사토, 너는 이대로 나와 함께 별가로 가자."

"별… 가?"

"필시 폐하는 나를 의심하고 계신 게 분명해. 혹여 나중에 관리들을 데리고 다시 오실지도 모를 일. 그 전에 저택에서 나가는 게 좋겠지."

한번 의심받은 이 저택은 앞으로도 계속 감시할 가능성이 높다.

그렇다면 코요가 돌아간 지금, 이 순간에 움직이는 것이 가장 좋다는 걸 머리로는 알았지만, 너무 먼 곳에 가기는 치사토 본인이 곤란했다.

코요와 결혼할 마음은 눈곱만치도 없었지만, 원래 세계

로 돌아갈 수 있는 가능성이 높은 곳에서 멀리 떨어지고 싶지 않았다.

"저, 별가라는 곳이 먼가요?"

"도착하면 날은 저물 것 같은데."

"······."

지금은 아직 해가 지지 않았다. 서너 시간 정도 이동하는 거리라는 말이었다. 도대체 얼마나 먼 것일까.

'이곳에서 멀어지는 건 곤란한데······.'

무엇 때문에 코요에게, 남자에게 안겼을까. 그것은 원래 세계로 돌아가기 위한 협력을 구하기 위함이었다.

이 세계에 처음 왔던 곳이 코요의 저택이었기 대문에 다시 같은 조건을 만들기 위해 코요의 협력이 필요했다.

그래서 그곳에서, 코요가 있는 그 저택에서 가능하면 멀어지고 싶지 않았다.

'그 남자로부터 도망은 가고 싶은데 이곳을 떠나고 싶지는 않다니 모순이지만······.'

"치사토?"

아무 말 없이 생각에 잠긴 자신을 부르는 키요시게에게 치사토는 미안한 마음으로 부탁했다.

"저··· 이 근처에는 없을까요? 숨을 만한 곳이."

"이 근방에?"

"네, 이 근처에서 너무 멀리 가고 싶지 않아요."

"이 근방에……."

"부탁드려요."

이 세계에 와서 겨우 며칠, 오늘 밤이 만월은 아니라는 건 알고 있다.

하지만 멀리 떨어지면 떨어질수록 원래 세계에 돌아갈 가능성이 희박해진다.

무리인 줄 알면서도 숨겨달라고 했고, 게다가 제멋대로 무리한 부탁을 해서 키요시게를 곤란하게 만든다는 건 알고 있었지만, 그래도 어떻게든 되지 않을까 라고 바람을 담아서 키요시게를 올려다보았다.

그는 잠시 생각에 잠기더니 좋은 생각이 떠올랐다는 듯 얼굴을 들었다.

"그다지 좋은 곳은 아니다만, 내 처의 저택이 가까이에 있다."

"처?"

'이 사람… 결혼했구나.'

생각해 보니 이른 나이에 성인식을 치르는 옛날 시대다. 결혼이 빠른 것도 당연할지 모른다.

다만 이 저택 안에 그런 기색이 없었기 때문에 전혀 생각하지 않았던 것이지만…….

'아내의 저택이라니……. 혹시 별거 중… 인가?'

복잡한 사정을 지닌 사람에게 기대게 되다니 한없이 미안해져서 치사토는 서둘러 고개를 저었다.

"저, 저기, 별거 중인 부인이 계신 곳이 아니라도, 더 평범한……."

"별거 중?"

"그게, 그러니까, 처의 저택이라고 하셔서… 같이 살고 있지 않다는 건……."

그제야 치사토가 무엇을 말하려는지 알았는지 키요시게는 재미있다는 듯 웃으면서 말했다.

"방금 말한 것은 내 처 가운데 한 사람이 사는 곳으로, 정실부인이 아니다. 나는 아직 구속받고 싶지 않아서 말이야."

"처 가운데 한 사람이요?"

'현대보다 앞서 나가는 것도… 있네.'

먼 옛날 일본에서는 실제로 일부다처제 시대가 있었다.

치사토 본인은 몇 명을 동시에 좋아하는 일은 불가능하다고 생각하지만, 헤이안 시대는, 아니, 이 헤이안 시대와 닮은 세계는 현대인보다 너그럽게 연애를 즐기고, 성에 개방적인 모양이었다.

내키지 않았지만, 키요시게가 크게 개의치 않는다면 감

사히 그곳에 머물러야겠다 생각했다.

"그럼, 그렇다면 부탁할 수 있을까요?"

"나가기 전에 그 옷은 벗는 게 좋겠다. 하기노님이 사용하시는 향이 배어 있고 귀여운 얼굴도 하얀 손끝도 흙으로 더럽혀졌구나. 일단 목욕부터 하는 게 좋겠다."

"가, 감사합니다."

'이 세계의 남자는… 다들 이런 말을 스스럼없이 하는구나…….'

치사토는 고마운 마음으로 목욕을 했다.

이 저택에도 제대로 된 욕실에 물을 받을 수 있는 욕조가 있는 듯했지만, 시간이 없어서 커다란 통에 따뜻한 물을 가득 채워서 씻는 상황이다.

그래도 몸집이 작은 치사토에게는 충분한 크기였고, 무거운 기모노를 벗고 먼지투성이인 얼굴을 씻자 기분이 아주 상쾌해졌다.

"물의 온도는 적당하십니까?"

"따, 딱 좋아요."

단 한 가지 곤혹스러운 것은, 이곳에서도 시중을 들어주는 시녀들이 있다는 사실이었다.

몸을 씻으면서 물을 끼얹으려면 남의 도움을 받는 것이

편하겠지만, 왜 하필 여자인 것일까?

키요시게에게는 자신이 남자라고 아직 밝히지 않았는데 옷을 벗으면 납작한 가슴이나, 자신 있는 것은 아니지만 남자인 증거도 시중을 드는 시녀가 보게 될 것이다. 그것을 주인인 키요시게에게 보고한다면… 여자가 아니라 남자인 치사토에게 계속 협력해 줄까.

"손님?"

"저, 저기, 나머지는 제가 알아서."

"손이 닿지 않으실 텐데요?"

스무 살 전후의 예쁜 시녀는 부끄러워하는 치사토를 보며 미소 지었다.

"걱정하실 것 없습니다. 아직 어리시니까요. 폐하의 총애를 받으시면 그곳도 성장한답니다."

치사토가 없는 가슴을 가리려고 하는 것을 보고 그렇게 말한 것이겠지만, 마음속이 어쩐지 복잡하다.

'알몸이어도 남자로는 보이지 않는 걸까…….'

그런 치사토의 우울함을 눈치챈 기색도 없이 시녀는 어깨 위로 따뜻한 물을 뿌리면서 즐겁게 말을 이어갔다.

"손님은 아기처럼 보들보들하고 투명할 정도로 뽀얀 살결을 지니셨군요. 부러워요."

"그, 그런가요?"

남자로서는 자랑할 거리가 되지 않지만, 여자라면 조금은 자랑해도 될 만한 것일까?

"게다가… 지극한 총애를 받으시나 봅니다. 어린 분이 벌써 겪으셨다는 것이 못내 안타깝지만요."

"…총애?"

'어째서 그런……?'

처음 만난 여자가 자신과 코요 사이에 있었던 일을 알 리가 없는데…….

그렇게 생각한 치사토가 뒤돌아 고개를 갸우뚱하자 여인의 가는 손가락이 치사토의 목덜미에서 등까지 천천히 훑어 내렸다.

"곳곳에 사랑하신 증표가……."

"네?!"

"애틋하게 사모하시는군요."

"……윽."

치사토는 당황해서 제 몸을 내려다봤다.

옷을 갈아입을 때도 희미하게 무엇이 있다고는 생각했지만, 뜨거운 물을 뿌리자 더욱 또렷해진 붉은 자국. 그것이 이틀 연속해서 자기를 안은 코요의 흔적이라고 새삼 느꼈을 때, 치사토는 밀려오는 수치심에 온몸이 새빨갛게 물들었다.

'그, 그 강간마!'

"나머지는 스스로 할게요!"

"하오나……."

"괜찮대두요."

치사토는 더 이상 이런 몸을 남에게 보이고 싶지 않아서 통에 몸을 푹 담갔다.

"하오면 저쪽에서 대기할 테니 필요하시면 부르십시오."

"네."

애써 거절하는 치사토의 모습에 자리를 피해준 시녀의 뒷모습이 멀어졌다.

그 기척을 조심스럽게 살피던 치사토는 가슴, 옆구리, 사타구니, 양팔의 안쪽부터 발끝에 이르기까지 다시 제 몸을 구석구석 살피기 시작했다.

빼곡하게 찍힌 이 붉은 자국. 이 자국들을 보니 코요가 얼마나 이 몸에 집착했는지 뼈저리게 느꼈다.

앙상한 탓에 뼈가 부딪혀서 안는 감촉도 최악일 정도로 나쁘고, 받아들이는 곳도 소위 배설기관이다.

그럼에도 불구하고 그 남자는 자신을 원하고 있었다.

도망친 치사토를 직접 따라왔다.

'하지만… 아무리 그래도…….'

그런 코요의 마음을 알았다고 해도 자신이 무엇을 할 수 있을까.

원래 세계에 돌아가고 싶다는 마음이 있는 한, 어쨌든 치사토는 코요의 마음을 받아줄 수 없다.

"자국이 빨리 사라져야 할 텐데……."

어떻게 하면 조금이라도 빨리 지워질까.

치사토는 입술을 꽉 깨물고 따뜻한 물에 적신 천으로 피부가 빨개질 때까지 세게 문질렀다.

목욕탕에서 나왔을 때, 키요시게가 준비해 주었다며 시녀가 내민 것은 빛깔과 무늬가 화려한 히토에가사네(單衣重)였다.

또 이것을 입어야 한다는 생각에 넌더리가 났다. 현대인인 치사토는 어깨가 결리고 움직이기 불편해서 기모노를 겹겹이 겹쳐 입는 것이 힘들었다.

'여자인 줄 알고 있으니 하는 수 없지만…….'

차라리 남자라고 고백하고 저 밖의 남자들이 입는 옷과 엇비슷한 것으로도 충분하다고 말하고 싶었다.

그것 때문에 일이 복잡하게 꼬인대도 불편한 건 어쩔 수 없었다.

치사토는 한숨을 내쉬고 근처에서 대기하던 시녀에게 미안한 마음으로 말을 걸었다.

"죄송하지만… 옷 입는 것 좀 도와주시겠어요?"

"네."

치사토는 시녀들의 손을 빌려 옷을 갈아입었다.

가슴이나 하체를 보이지 않기 위해서 가장 아래 속옷은 직접 입었지만, 그 뒤로는 마네킹처럼 가만히 서 있었다.

신기하게도 그녀들은 치사토의 짧은 머리를 보고도 놀라는 기색이 없었다.

'그래도 남자라고 의심하지 않는 걸까……?'

마음이 놓이면서도 한편으로는 남자로서의 자신감도 사라진 기분이 들어서 어쩐지 착잡했다.

"몸을 조금 숙여주시겠습니까?"

"에? 아, 네."

기모노를 다 입혔다고 하기에 시녀들의 요구대로 몸을 숙이자 치사토의 뒤로 돌아간 시녀 한 명이 바스락거리며 무언가를 하고 있다.

'뭐, 뭘 하는 거지?'

"이제 허리를 펴셔도 됩니다."

왠지 머리가 무거운 기분이 들어서 손으로 만져 보니 몇 시간 전 머리칼의 감촉과 다르다.

아니, 손과 머리카락 사이에 무언가 끼어 있는 느낌이 들어서 뒤를 돌아보니,

"우와."

코요의 저택에서 달았던 것보다 더 긴, 자신의 키의 두 배도 넘을 듯한 검은 머리카락이 기모노 위에 아름답게 펼쳐져 있었다.

"이, 이건……."

'너, 너무 화려한 거… 아니야?'

"태어날 때부터 머리카락이 늦게 자라는 분이나 심한 곱슬머리인 여인은 당연하게 가발을 사용합니다. 급하게 준비한 것이나 색이 진하고 윤기가 흐르는 좋은 가발입니다."

"원하시면 검은색을 흰색으로도 칠해 드립니다. 외관은 아름답지만, 걸으실 때는 조금 조심해 주십시오."

"아… 네."

'혹시 들킨 거야?'

그녀들의 말 속에서 치사토가 남자라도 상관없다고 하는 듯한 뉘앙스를 느꼈다.

다 알면서도 에둘러 말하는 그녀들의 상냥함에 감사하며 치사토는 모든 준비를 마치고 키요시게가 기다리는 방에 갔다.

이미 채비를 마치고 치사토를 기다리고 있던 키요시게가 다소 놀란 듯 눈이 휘둥그레졌다.

"잘 어울리는구나."

"…감사합니다."

그다지 기쁘지 않았지만, 애써 준비해 준 호의에 치사토는 고개를 깊이 숙여 감사를 전했다.

"저택 앞에서 봤을 때는 지친 여인이겠거니 했는데… 이렇게 보니 폐하가 총애하시는 것도 이해가 가는군."

어디가 다르냐고 톡 쏘아주고 싶었지만, 치사토는 가만히 키요시게의 이야기를 들었다.

"그쪽에는 이미 사람을 보냈다. 우리가 갈 무렵에는 저녁 식사가 마련되어 있겠지."

"저, 저기 그렇게 마음 쓰시지 않아도⋯⋯."

"사양 마라."

치사토는 잠시 몸만 피할 생각이었는데 생각 외로 일이 커져 버린 것 같았다. 그렇다고 이제 와서 무를 수는 없는 노릇이었다.

'아무튼, 오늘 밤만 무사히 넘기면⋯⋯.'

"하면 슬슬 출발할까, 치사토."

치사토는 자신을 향해 내민 키요시게의 손 위에 제 손을 포갰다.

＊   ＊   ＊

사이죠의 저택을 물러난 코요는, 당연하게도 이대로 떠

날 수는 없었다.

키요시게의 말로 치사토가 이 저택에 있다는 것을 확인했지만, 제아무리 코요라고 해도 확실한 물증이 없는 상태로 좌대신인 사이죠의 저택을 강제로 수색하기란 쉬운 일이 아니었다.

그것에는 치사토의 존재를 세상에 알리지 않으려는 이유도 있었다.

치사토가 어느 나라 공주라면 숨긴 죄를 엄히 추궁하겠지만, 지금 치사토의 존재를 아는 이는 자신과 하기노 외에 극히 한정된 몇몇에 불과했다.

그래도 이곳에 있는 것이 분명한 치사토를 눈앞에 두고 놓칠 생각은 없었다.

오늘 밤이 처문의 삼 일째. 오늘밤 치사토에게 다녀가면 결혼이 성립한다.

사이죠의 저택 문이 보이지 않는 곳까지 말을 달린 코요는 그곳에서 자신을 기다리고 있는 하기노의 모습을 발견했다. 일단 정적인 사이죠 앞에 당당하게 모습을 드러내는 상황은 피하고, 이곳에 대기하고 있었을 것이다.

"폐하."

"있소."

코요의 말에 하기노도 안도한 듯한 표정으로 바뀌었다.

"모습은 보지 못했어도 사이죠의 태도를 보면 말이오."

사이죠는 부재중이었고, 아들인 키요시게가 사정을 알고 있는 것 같다고, 사이죠의 저택에서 있었던 일을 상세하게 이야기했다.

말없이 고개만 끄덕이던 하기노는 그렇다 하더라도, 라고 감탄한 듯 말했다.

"소신의 저택에서 사이죠님의 저택까지 직접 걸어가실 줄은……. 의지가 상당히 강한 분입니다."

겉으로 보기에는 연약하고, 아직 어리다고 할 만한데도 한번 마음먹은 것은 끝까지 해내고야 마는 그 의지는 보통 남자 이상으로 강한 듯했다. 말이나 우차라면 몰라도 그 발로 이곳까지 걸어오려면 상당한 각오가 필요하다는 것은 코요도 잘 알고 있다.

여자는 물론이요, 상급 벼슬아치나 귀족 중에는 남자라도 걸어서 이동하는 자는 거의 없다고 봐도 무방했다.

"하기노."

하지만 바꾸어 말하면 그렇게까지 해서 자신으로부터 벗어나고 싶었다는 뜻도 된다.

그것만큼은 확인하고 싶지 않은 코요는 치사토를 칭찬하는 하기노를 험악하게 노려본 뒤 다시 사이죠의 저택 쪽을 돌아보았다.

"방금 내가 방문한 일로 사이죠는 치사토를 다른 곳으로 옮길 것이오. 이 자리에서 감시하겠소."

"소신과 폐하가?"

"그렇소."

"폐하가 친히 말씀이십니까?"

"나 말고 누가 있단 말이오."

언짢은 기색으로 쏘아붙이는 코요는 어딘가 고집스러워 보였다.

하기노는 한숨을 쉬었지만, 금세 마음을 고쳐먹었는지 몸을 숨길 곳을 찾기 위해 주위를 둘러보았다. 천황을 길에 내버려 둘 수는 없었던 것이다.

그렇게 얼마 지나지 않아,

"폐하, 움직임이!"

바깥에서 감시하던 자가 뛰어 들어와 하는 말에 코요의 눈빛이 매서워졌다. 사이죠의 저택에서 두 채 떨어진 어느 저택에 방을 빌려 대기하던 코요는 보고를 받자마자 바로 움직였다.

갈대 담장의 틈새로 안을 엿보니 저택 앞에는 호위 무사 몇 명이 서 있었다. 이윽고 정문이 활짝 열리고 안에서 화려한 우차가 나왔다.

우차가 나온다는 것은 고귀한 신분인 자가 이동한다는 뜻이다.

"그 안에……."

"필시."

"……."

'이렇게까지 당당하다니…….'

사람을 숨기고 있으면 되도록 눈에 띄지 않게 행동하는 것이 정상인데 키요시게는 젊은 만큼 꽤 대담한 성격인 듯했다.

"어떻게 하시겠습니까? 바로 수레를 멈출까요?"

"…이곳은 보는 눈이 많소. 인기척이 드문 곳에서 멈춥시다."

"날이 저물 것입니다."

"우차 안에서도 얼마든지 안을 수 있소."

천하의 천황이 연애사건으로 소동을 일으키는 것은 피해야 하지만, 장소와 시간을 잘 선택하면 곧 날이 어두워질 것이다.

처문은 오늘 밤이 삼 일째. 오늘 밤에 치사토의 몸을 안으면 처문이 성립한다.

장소가 하기노의 저택에서 우차 안으로 바뀌는 것뿐이다.

'도망갈 수 있을 것이라 생각하지 마라. 치사토.'

그 요염한 목소리가 들린대도, 음란한 육체관계를 보인 대도 치사토를 가엾다고는 생각하지 않았다. 다른 자가 봤 다는 것을 알면 오히려 치사토의 마음이 확고해질지도 모 를 일이었다.

"하기노. 말은 준비되었는가?"

"뒷문에."

"바로 쫓아가세."

우차 행렬은 말 몇 마리와 수레를 둘러싼 호위무사들과 함께 천천히 나아갔다.

앞에 가는 우차로부터 일정한 거리를 두고 말로 뒤를 쫓 는 코요는, 그 안에서 치사토가 키요시게와 무슨 이야기를 나누고 있는지 궁금했다.

자신의 손을 뿌리쳐가면서까지 도망치려고 했으면서 천 황보다도 까마득히 지위가 낮은 사내에게 손을 내밀었다는 것이 마음에 들지 않았다.

'설마, 몸을 허락하는 일은 없을 것이라 생각하나……'

처음 품에 안겼을 때 치사토는 분명히 다른 자의 피부를 모르는 순수한 몸이었다.

하지만 처문 이틀째, 여전히 아픔을 느끼는 듯했으나 분 명히 그 속에서 쾌락을 가려낼 수 있게 되었다.

자신만이 알고 있는 그 몸을 다른 인간이 만지는 것은 도저히 참을 수 없다.

그것이 설령 치사토의 의지가 아니라, 상대방이 강제로 손을 댔다 해도 말이다.

"하기노, 이 앞은……."

"얼마 동안 대숲이 이어질 것입니다. 가옥은 없습니다."

"그곳에서 멈추겠소."

오늘 밤, 어떻게 치사토를 몰아세우고 그 몸이 이미 코요의 것임을 일깨워 줄까.

더 이상 초조해하면서 기회만 기다릴 수는 없었다. 벌써 하늘은 어두워졌고, 달까지 어슴푸레 얼굴을 내밀고 있었다.

＊　　　＊　　　＊

'이, 이건 진짜 타기 힘든데…….'

덜컹덜컹 흔들리는 우차에 몸을 맡기면서 치사토는 혀를 깨물지 않게 조심해야 했다.

구성을 보자면 인력거와 소의 조합이지만, 소가 가마를 끄는 구조다. 우차가 생소한 치사토는 아무래도 균형을 잡기가 어려웠다.

빌린 기모노나 가발을 더럽히거나 엉망으로 만들 수는 없어서 어떻게든 등을 곧게 펴고 앉아야 했으므로 흔들림에 몸을 맡기기가 불가능했던 것이다.

하기노와 함께 탄 우차도 훌륭하고 넓었지만, 키요시게의 우차도 호화로운 것이어서 익숙해지면 밀보다 훨씬 편할 것 같은데……

'나는 운전도 못할 것 같은데……. 어랏? 운전이라고 할려나?'

"…토, 치사토?"

"네?"

발이 드리워진 창으로 밖을 보려던 치사토는 몇 번인가 이름을 부르는 소리에 깜짝 놀라 돌아보았다.

"너는 이후에 어떻게 할 생각이냐?"

"이후?"

"계속 천황을 피해 도망칠 수 있을 것이라 생각하는 건 아니겠지?"

스스로도 어떻게 해야 할지 몰라 고민하고 있던 것을 콕 집어 말하자 치사토는 무심코 숨을 삼켰다.

"어차피 지금 갈 곳도 곧 들키게 될 것이다. 그때는 또 천황에게서 도망칠 셈이냐?"

맞는 말이었다.

키요시게의 말대로 언제까지고 도망 다닌다 한들 아무것도 해결되지 않는다. 가장 좋은 것은 다시 그 천황의 저택에 가서 원래 세계로 돌아가는 것이지만, 정작 치사토 본인도 그 방법을 몰랐다.

그렇다고 그 장소에서 멀어지면 돌아갈 수 없다는 생각도 실수라고 여기긴 싫었다.

"다른 방법을 취해볼까?"

"…다른 방법?"

치사토와 마주 앉은 키요시게는 손에 든 부채를 턱 아래에 대면서 치사토를 지그시 바라보았다.

의미심장한 그 말투에 치사토는 불안해하면서 시선을 마주쳤다.

"다른 이의 처가 되면 어떠냐?"

"……네?"

"유부녀가 되면 천황이라고 해도 그렇게 강제적인 수는 쓰지 않을 게다. 아니, 연애를 하는 것은 자유일지언정 자신의 처를 지키고자 하는 지아비의 힘은 약하지 않다."

현대에서는 그것을 불륜이나 약탈이라고 표현하는데? 치사토는 이 시대의 상식을 잘 모르기 때문에 그건 잘못된 방법이라고 꼬집어 말할 수는 없었지만, 천황을 적대하기까지 하는 자신에게 협력하려는 사람이 있으리라고는 생각하지 않았다.

"하, 하지만 그렇게 도우려는 사람이……."

"여기에 있다."

"네……?"

"천황을 따돌리기 위해서라면 가짜 지아비 노릇을 하는 것도 재미있을 성싶구나."

"…윽."

'이, 이런 걸 주객전도라고 하는 건가?'

결혼하기 싫어서 코요에게서 도망쳤는데 설사 거짓말이라고 해도 키요시게와 결혼하게 된다면 결국 똑같은 의미 아닌가?

이번은 키요시게의 제안에 솔직히 찬성할 수가 없었다.

'어떻게 하면 좋을까…….'

이 이상한 헤이안과 닮은 세계에 와서 겨우 며칠밖에 지나지 않았다.

하지만 치사토 입장에서는 벌써 몇 개월이나 흐른 것 같은 기분이 들었다.

'계속 천황을 피해 도망칠 수 있을 것이라 생각하는 건 아니겠지?'

'어차피 지금 갈 곳도 곧 들키게 될 것이다. 그때 다시 천황에게서 도망칠 셈이냐?'

키요시게가 한 말의 의미는 알겠지만 결혼이 단순한 눈속임으로 끝나리라는 보장이 없었고, 거기에 코요에게 당한 것처럼 다른 남자에게 안기게 될지도 모른다고 생각하니 아무래도 몸이 움츠러들었다.

하지만 남은 하루, 코요에게 안기면 치사토가 인정하지 않아도 이 세계에서는 결혼했다고 간주된다.

남자끼리의 결혼.

다른 차원을 사는 상대와의 결혼.

그것을 받아들이면 두 번 다시 원래 세계로 돌아갈 수 없을 것 같은 기분이 들었다.

"치사토?"

"……."

치사토는 눈앞에 앉아 있는 키요시게를 보았다.

갑자기 나타난 치사토의 이야기에 귀를 기울여 주고, 이렇게 천황에게서 도망칠 수 있게 도움을 주고 있는 키요시게는 분명 '좋은 사람'일 것이다. 하지만 정말로 그를 믿어도 될까?

코요에 대한 원한으로 나를 이용할 속셈은 아닐까?

그렇게 생각하자 치사토는 자신의 앞길을 좀처럼 결정할 수 없었다.

"저……."

아무튼 조금이라도 시간을 달라고 입을 열려던 치사토였지만,

덜컹.

"으앗."

"…윽."

갑자기 우차가 멈추었다. 그다지 속도가 빠르지는 않았지만, 치사토는 그 반동으로 키요시게의 품속으로 쓰러졌다.

"무슨 일이냐"

"웬 놈이냐!"

그런 치사토의 몸을 꽉 안은 키요시게가 종자에게 바깥 상황을 묻는 소리와 겹치듯, 경계하는 목소리가 들렸다. 그러나 그 뒷말은 들려오지 않았다.

"무, 무슨 일이 생겼나요?"

"조용히."

키요시게는 치사토를 몸으로 막듯 한쪽 무릎을 세우고 옆에 놓인 칼을 집어 뽑았다.

"도적일지도 모른다. 얌전히 있거라."

굳이 얌전히 있지 않아도 치사토의 몸은 이미 굳은 듯 움직일 수 없었다.

"도, 도적……."

"이 근방에서 도적이 출몰한다는 소리를 들은 적은 없지만, 만에 하나라는 것도 있다."

키요시게는 심호흡을 한 번 크게 하더니 천천히 뒤를 향해 돌아앉았다. 치사토는 말리려 했지만 목소리가 나오지 않았다.

이 시대에 총을 가지고 있는 사람은 없겠지만, 칼에 베인다면 그야말로 목숨이 위험할 터였다.

주위를 지키던 사람들은 저항하는 소리도 내지 못한 채 쓰러져 버린 걸까?

'어, 어떻게 해야……'

"웬 놈이냐!"

그때 칼을 손에 든 키요시게가 우차에 걸려 있는 발을 걷어 젖히고 밖으로 몸을 내밀었다.

*　　　*　　　*

코요는 말에 탄 채 우차 앞에 나섰다.

"웬 놈이냐고?"

여자 옷을 뒤집어쓴 인물의 갑작스러운 등장에 호위무사들은 즉시 우차를 멈추고 칼을 뽑았다.

아무래도 아까 코요가 사이죠의 저택을 방문한 것을 모

르는 자들인 모양이다.

하지만 코요는 서두르지 않고 머리에 쓴 옷을 벗고 남자들을 노려보았다. 그와 동시에 하기노가 병사 몇 명에게 신호를 보내 우차를 빙 둘러쌌다.

"천황 폐하의 어전이다. 칼을 거두라."

하기노의 호통에 호위병들은 할 말을 잃고 코요와 하기노의 얼굴을 번갈아보더니 바로 제자리에 무릎을 꿇고 고개를 숙였다.

떨리는 어깨와 새파랗게 질린 낯빛.

귀족이나 지위가 높은 신하 이외에는 좀처럼 보기 어려운 자신의 모습에 공포심을 느끼고 있다는 것을 잘 알 수 있었다.

하지만 코요는 그들을 돌아볼 여유가 없었다. 겉으로는 냉정하다고 해도 격정을 억누르고 있었던 것이다. 신경 쓰지 않으려 했는데도 치사토가 키요시게와 우차 안에 단둘이 있는 상황이 상당히 불쾌했다.

말에서 내려 이대로 발을 찢어버릴까 생각한 순간, 별안간 안에서 칼을 쥔 키요시게가 모습을 드러냈다.

그 모습에 약간 놀란 코요는 제 쪽이 우위임을 보여주려는 듯이 일부러 느긋하게 말에서 내렸다.

"…폐하."

키요시게도 코요의 등장에 놀랐다.

오후 나절, 천황인 자신을 속인 키요시게의 대응을 씁쓸하게 떠올리고는 한 걸음 한 걸음 우차에 다가가면서 말했다.

"이것 참 이상한 곳에서 만나는군."

"…설마 저택부터?"

머리가 나쁜 사내는 아닌가 보군.

코요의 등장으로 무슨 일이 일어났는지 재빨리 알아차렸음이 틀림없다.

천황을 돌려보낸 우월감에 빠져 주위를 살피지 않고 행동했을 키요시게의 아둔함을 비웃기라도 하듯 코요는 입꼬리를 올리며 씩 웃었다.

"이런 어스름한 저녁 무렵부터 어느 낭자의 저택에 다니나 했더니… 우차에 혼자 탄 것은 아니겠지. 아무래도 내가 찾던 고양이가 길을 잘못 들었나 보군."

"천황……."

"내리거라."

치사토라는 결정적인 증거 때문에 아까처럼 속이기는 어렵다는 걸 깨달았는지 키요시게는 칼을 칼집에 넣고 순순히 우차에서 내렸다.

"설마 폐하가 친히 납실 것이라고는……."

천하의 천황이 고작 사람 하나 때문에 움직이리라고는 생각조차 하지 못했을 것이다. 빨라도 내일에나 조사가 들어올 것이라고 짐작해 오늘 안에 치사토를 어딘가로 옮기려고 했다.

자신이 손에 넣으려고 한 것이 예상 외로 임청난 존재였다는 것을 키요시게는 이제야 깨달은 것일까.

코요는 키요시게가 제자리에 한쪽 무릎을 꿇는 모습을 흘끗 보고는 그대로 우차의 발을 걷어 올렸다.

"아… 앗."

"치사토."

찾고 있던 존재가 그곳에 있었다.

겁에 질린 듯 눈을 동그랗게 뜬 치사토의 모습이 귀족 여인처럼 청순하고 사랑스러웠다.

입고 있는 옷도 윤기가 흐르는 가발도 치사토와 잘 어울렸지만, 그것이 자기 이외의 사내가 준비해 준 것이라고 생각하니 역시 기분이 좋지 않았다.

"하기노의 저택에서 얌전히 나를 기다릴 순 없었느냐?"

"나, 나는……."

코요가 우차에 올라타자 치사토는 다가온 거리만큼 뒤로 물러났다. 이 안에서 키요시게와 얼마나 가까이 있었을지를 생각하면서 다시 한 발 앞으로 다가갔다.

"네 짓궂은 장난 탓에 마지막 처문을 이루는 장소가 이런 곳이 될 줄이야……. 뭐, 하는 수 없지."

"어……?"

말뜻을 이해하지 못했는지 치사토의 시선이 정처 없이 흔들렸다.

코요는 그 시선을 붙잡기 위해 손을 뻗어 갸름한 턱을 잡았다.

"처문의 마지막인 오늘… 날이 바뀌기 전에 너를 이 품에 안아야 한다."

날을 넘기면 원점으로 되돌아간다. 한시라도 빨리 치사토를 내 것으로 만들고 싶다. 다시 처음부터 시작하는 수고를 들이고 싶지 않았다.

"잠, 잠깐, 저, 저기, 설마… 아니… 지?"

"무엇이 아니라고 말하는 것이냐?"

"방금 한 말이……."

"머리가 좋은 자는 말귀가 밝구나. 맞다, 지금 이곳에서 너를 안겠다."

코요는 쪽창을 열었다.

그러자 불빛이 비쳐 들어와 주변이 어슴푸레 밝아졌다. 아무래도 하기노가 등을 준비한 모양이다.

"네가 나빴다. 도망치지 않으면 되도록 살갑게 그 몸

을 열었을 것을. 나 이외의 사내와 함께 있었던 벌도 내려야겠고, 이런 곳에서는 다소 난폭할 수도 있으나 모두 네 탓이다."

약간 으름장을 놓듯 말하자 치사토는 겁에 질린 듯 도망치려고 했다.

하지만 우차가 좁은 탓에 금세 뒤가 막혔다.

"도망가게 하지는 않을 것이다."

치사토의 앙탈을 더는 받아줄 수 없었다.

코요는 흐트러진 치사토의 옷자락을 다짜고짜 들췄다. 가늘고 흰 다리가 드러났고, 치사토의 발목을 잡아 제 쪽으로 사납게 끌어당겼다.

더 밝았으면 싶지만, 이런 곳에서 밝은 불빛을 바라는 건 무리인 것 같았다.

'눈이 익숙해지면 이 하얀 몸도 더 잘 보이겠지.'

코요는 손을 멈추지 않고 하카마의 끈을 풀었다.

"잠깐!"

"싫다고는 하지 마라. 이대로 마지막 처문을 이곳에서 성사시키겠다."

"그, 그만둬."

치사토는 짓눌러오는 코요의 몸을 가녀린 팔로 밀어내려고 발버둥을 쳤다.

그 바람에 옷자락이 더욱 흐트러지는데도 본인은 모르는 눈치였다.

"싫다고!"

"무엇이 싫은 것이냐?"

몸뿐만이 아니라 말로도 치사토를 몰아세우기 위해 코요는 귓가에 부추기듯 속삭였다.

"나에게 안기는 것이냐, 아니면 남자에게 안겨 기뻐하는 네 자신이냐."

"……!"

그 말에 치사토는 반사적으로 고개를 들었다.

인정하기 싫었던 제 마음을 들켰다고 생각했는지, 그때까지 새파랗던 낯빛이 발그스름하게 물든 것처럼 보였다.

"인정해라. 너는 이미 내 것이다."

"아, 아니… 웃."

"치사토."

"결, 결혼 따위, 안 해! 나는 남자고 이 세계 인간이 아니야!"

"상관없다."

천황인 자신이 인정하면 설사 치사토가 천인이더라도 황비가 되는 것이 가능하다.

주고받을 수 있는 말과, 하나가 될 수 있는 몸. 코요가 마음에 들어 하며 그 전부를 갖고 싶다고 바랄 때부터 치사토에게 도망이라는 선택지는 없었다.

'더 이상 고집을 부리지 못하게 하기 위해서라도 역시 이곳에서 안는 수밖에.'

치사토의 귀여운 목소리를 다른 자가 듣는 것에 몹시 부아가 치밀었지만, 이 우차 안이라면 안는 광경이 다른 사람에게 보일 일은 없었다.

"당신 천황이지? 남자와 결혼한다는 걸 알면 주위 사람들이 기를 쓰고 반대할 거야!"

"그 사실을 아는 것은 극히 소수의 사람뿐이다. 치사토, 나는 네가 갖고 싶어졌다. 내 것으로 만들고 싶어졌단 말이다. 놓아주지 않겠다."

끈이 풀린 하카마를 거칠게 끌어내려 벗기고 가슴에 억지로 손을 집어넣어 옷깃을 파헤쳤다. 가냘픈 어깨부터 납작한 가슴이 바로 눈앞에 드러났다.

"치사토, 네게는 아키마사(彰正)라고 부르는 것을 허하노라. 극히 한정된 자에게만 허락하는 내 아명이다."

앞으로 오랜 시간을 함께 지내게 될 것인데, 조금이라도 치사토와 가까워지기 위해서는 더 다양한 대책을 강구해야 한다.

처문이 끝나고 사실상 치사토가 그의 처가 되었다고 해

도 정식으로 황후로 맞이하려면 그 나름대로의 수순을 밟아야 했다.

'도망치지 못하도록 피로연을 여는 것도 좋겠군.'

코요는 치사토가 남자라는 사실이 알려져도 상관없었지만, 세속적인 기준에서는 계속 여인 행세를 하는 쪽이 앞으로 일어날 문제도 별탈 없이 마무리될 것이다.

몸을 보이지만 않는다면 치사토가 남자라는 것을 아는 자는 거의 없다. 하기노의 수양딸로 궁에 시집오면 아무도 치사토가 남자인 것을 알아채지 못할 것이다.

황자는 이미 얻었으므로 대를 이를 걱정도 없으니, 마침내 진정으로 원하는 상대를 사랑할 수 있게 되었다.

'모든 일이 순조롭게 흘러가는군.'

"얌전히 있거라, 치사토. 네가 내 품에서 도망칠 수 있을 리도 없고 놓아줄 생각도 없다. 다소 좁고 답답하지만, 어젯밤 이상으로 황홀하게 해주겠다."

"머, 멋대로 지껄이지 마! 나, 난 당신의 것이… 윽."

'이제부터는 네 몸을 타이르겠다.'

어젯밤 치사토의 몸은 놀랄 정도로 유연하게 코요를 받아들여 주었다.

아마 지금도 입으로는 온갖 불평을 늘어놓으면서도, 이 몸을 열면 자신의 품속으로 꿀처럼 달콤하게 녹아내릴 것이다.

코요는 보채는 치사토의 몸에서 겹겹의 우치기를 차례차례 벗겨냈다.

"싫엇!"

우차라는 좁은 공간 속에서 벗기기가 다소 힘들었지만, 얼마 지나지 않아 코요는 치사토의 맨몸을 볼 수 있었다.

"……!"

"이렇게 희미한 어둠 속에서도 네 몸은 빛나는구나… 치사토."

코요는 그 이름을 부르고 앙다문 입술에 자신의 입술을 포갰다.

*   *   *

'미, 믿을 수 없어!'

우차 안이라고는 하나 야외고, 그것도 바깥에는 불특정 다수의 남자들이 모여 있는 와중에 코요가 자신을 안으려 한다는 것이 도무지 믿기지 않았다.

하지만 입술이 포개지고 억지로 치사토의 잇새를 비집고 들어온 혀는 자기가 주인이라도 되는 양 입속을 헤집고 다녔다.

싫은데도 상대방의 혀를 깨물까 두려워 어떻게든 혀로 밀어내려고 했는데 어느샌가 자연스럽게 혀가 뒤엉킨 키스로 변하고 말았다.

"……으흥."

'거짓말, 거짓말이야!'

자신의 하체가 뜨거워지는 것을 느끼고 치사토는 열을 식히려고 안간힘을 썼다.

이런 키스로 하체가 반응하는 걸 절대로 들키고 싶지 않았다.

"앗!"

하지만 갑자기 코요의 손이 치사토의 것을 움켜쥐었다.

주인을 배신하고 이미 딱딱해진 그것은 주어진 자극에 얄미울 만큼 솔직하게 반응하고 있었다.

비참할 정도로 흐르는 말간 체액이 자신의 것과 남자의 커다란 손을 적셨다.

봉사에 익숙할 남자의 손은 놀랄 만큼 섬세하게 움직이며 치사토를 흥분시켰다.

그 움직임에서는 남자를 안고 있다는 망설임이 조금도 느껴지지 않았다.

"싫, 싫어… 아흥."

"어디가 느껴지느냐?"

"느, 느껴……?"

이 열기를 말하는 것일까?

"네가 기분 좋은 곳만 사랑해 주겠다."

부추기듯 말하는 코요의 말이 치사토의 귓가에 요염하게
울렸다.

눈물이 그렁그렁한 눈으로 코요의 얼굴을 바라보던 치사
토는 이윽고 떨리는 목소리로 애원했다.

"만… 져 줘……."

분한데, 창피해서 죽을 지경인데, 항복하는 것 외에 다른
도리가 없었다. 항복하지 않으면 그 달콤한 고문을 받는다
생각하니, 몸이 제멋대로 코요를 받아들이려고 했다.

'저, 전부, 기분이 좋아졌기 때문이야… 웃.'

쾌락에 굴복하고 만 자신을 향한 변명을 몇 번이고 입속
에서 반복했다.

결코 코요에 대해 감정이 있는 것이 아니라고, 치사토는
눈앞의 남자의 탄탄한 등에 조심스럽게 손을 둘렀다.

"어디를 만져 주길 바라느냐?"

즐거운 듯한 목소리가 아니꼬웠지만, 반응하는 쪽이 더
바보였다.

"…여, 여기."

치사토는 코요의 손을 잡아 직접 떨리는 그것에 갖다 댔

다. 아니, 치사토가 원하는 것은 그곳이 아니다. 그것보다도 더 깊은…….

"나를 받아들이는 이곳이냐?"

코요는 치사토의 가는 다리를 벌리고 그 깊은 곳에 손가락을 미끄러뜨렸다.

"……!"

찌걱, 하고 축축한 소리가 귀에 닿았다. 코요는 그곳에 아무것도 바르지 않았다.

그렇다면 애무를 받고 비참할 정도로 쾌락의 눈물을 흘리는 자신의 상징 때문에, 그런 곳까지 흠뻑 젖었다고 생각하니 정신이 아득해질 것 같았다.

'싫… 은데.'

봉오리를 쓱 건드리는 것만으로도 허리가 떨렸다. 치사토는 쾌락에 휘말리고 싶지 않아서 그 듬직한 등에 매달렸다.

그러자 귓가에서 웃는 기척이 느껴지고 갑자기 주름을 간질이던 손가락이 속으로 밀려 들어왔다.

"…홋."

충격은 있다. 극심한 이물감도 느끼지만, 분명 경련이 일 정도의 통증이 있었는데 지금은 어느새 사라졌다. 그 대신 치사토는 반사적으로 손가락을 조였다.

"오호, 기분이 좋은 것이냐?"

놀림을 당하고 있다는 건 알지만 치사토는 고개를 끄덕였다. 안에 들어온 것만으로는 자신이 원하는 열기를 느낄 수 없다는 것도 알고 있었다.

어서 몸속에, 그 간질거리고 욱신거리는 곳을 손가락으로 건드려 주기를 바랐다.

괴로워서 몸이 보기 흉하게 폭주한다 해도 코요를 원해서 참을 수 없었다.

"아흥, 웃, 웃."

'그, 래서, 싫었는, 데······!'

이 이틀 동안에 얼마나 큰 아픔을 느꼈는지 알면서도 그와 동시에 두려우리만치 휘몰아친 쾌락에 길들여진 몸은 이제 의지로 통제할 수 없을 만큼 그 자극을 원하게 되었다.

"치사토."

코요가 이름을 부르고 입술을 핥는다.

자연스럽게 입을 벌리자 뜨거운 혀가 입속에 살며시 들어와 신음만 흘리던 치사토의 혀를 억지로 얽어매고 타액을 흘려 넣었다.

입술만은 지켜야 한다고 응석을 부릴 수 없었다. 이곳도 쾌락을 느끼는 곳이라며 구석구석까지 혀로 핥아졌다.

얼얼한 혀를 가볍게 깨물리자 치사토는 어느샌가 밀착한 몸을 코요에게 더 가까이 밀어붙였다.

"으흥."

입술이 떨어지자마자 타액이 턱을 타고 흘러내렸다. 그 감촉에도 느낀 치사토는 손톱을 세워 바닥을 긁었다.

'빨, 리!'

그 열기를 원한다.

찌걱찌걱, 하고 손가락으로 긁어 올리는 그 자극도 물론 좋았지만, 더, 더, 이 남자라면 더 강렬한 쾌감을 선사할 것이다.

"얼른……."

보채듯 손가락을 조이자 떼쓰는 아이를 달래듯 귓가에 입을 맞추는 소리가 들렸다.

몸속에서 주룩 하고 손가락이 빠져나가는 것이 느껴졌다.

"기다리거라, 지금 네게 나를 주겠다."

"코요……."

"아키마사라고 불러라."

"아, 아키마, 사."

쾌감을 원한 나머지 코요의 말에 순순히 따르는 치사토의 머릿속에는 더 이상 거부라는 단어가 없었다. 수치심이나 이성은 이미 무너졌고, 지금 치사토의 머릿속에 자리 잡은 것은 남자가 주는 강렬한 쾌락뿐이다.

"치사토."

눈물이 번져 흐릿해진 시야에 코요의 얼굴이 비쳤다. 단정하게 묶여 있었을 머리가 헝클어졌고 이마에는 땀이 송골송골 맺혔다.

이대로 다 타버릴 것 같은 느낌이 들 정도로 정욕이 고인 눈동자를 보고 치사토는 미소를 지으려 했지만 입가가 조금씩 일그러졌다.

자신만이 한심하게 빠져 있는 것이 아니라 천황이라는 절대적인 지위에 있는 이 남자도 자신에게 빠져 있는 것이다.

그것에 애정이 있다고는 생각지 않았다. 그래도 서로를 원한다는 마음은 확실했다.

치사토가 계속 자신의 얼굴을 쳐다보자 코요는 생긋 웃어 보이며 치사토의 다리를 크게 벌렸다.

탄탄한 허리가 그 사이를 미끄러지듯 들어와 두 다리를 안아 올리고, 손가락이 빠져나가 하릴없이 움찔거리는 치사토의 뒤에 뜨겁고 딱딱한 것을 밀어붙였다.

"이것으로 너는 내 처이다… 웃."

신음 섞인 남자의 목소리 뒤로 찌걱 하고 뭉툭한 끝이 들어오는가 싶더니, 믿을 수 없을 정도로 커다랗고 뜨거운 것이 억지로 봉오리를 헤집고 단숨에 꿰뚫었다.

"아아아아… 웃!"

충격으로 입이 크게 벌어져 새된 목소리가 뚫고 나왔다.

치사토의 속살은 이제 제 것이라고 말하는 양 거침없이 들어온 코요를 사랑스럽게 조였다.

갖고 싶은 것을 드디어 얻었다는 충족감에 굳게 내리감은 눈가에서 눈물이 흘러내렸다.

"하응, 웃, 웃."

닫을 수가 없는 치사토의 입가에서 타액이 끊임없이 흘러내려 턱을 타고 아래로 떨어졌다.

코요는 그것조차 아까운 듯 핥아 올려서 먹음직스럽게 받아 마셨다. 상이라는 듯 들락거리는 허리의 움직임이 격렬해졌다.

삽입만으로는 만족할 수 없다는 코요의 욕정을 치사토의 몸에 새겨 넣고 있는 것이다.

"왜 나에게서 도망쳤느냐."

"하아, 아흑!"

"너는 내게서 벗어날 수 없다!"

규격 외의 살덩이를 머금은 속은 꽉 차올라 답답했고, 처음부터 사납게 들어온 까닭에 숨쉬기도 힘들었다.

그래도 자신의 속을 오롯이 지배하는 그것을 놓고 싶지 않아서 치사토는 비실대는 다리를 어떻게든 코요의 허리에 감았다.

치사토 본인도 이미 두 번이나 절정에 이르렀고, 조금 전 가장 깊은 곳에 코요의 씨를 받아냈다. 그곳이 가득 차서 드디어 해방되겠다고 생각했는데 웬일인지 오늘은 좀처럼 몸을 놓아주지 않았다.

그것이 자신이 도망친 것에 대한 벌이라고 생각하기에는 치사토의 몸은 이미 쾌락만을 가려내고 있었고, 마치 순순히 받아들인 상이라도 주듯 코요는 속살의 기분 좋은 곳을 찔렀다.

"치사토, 웃."

"싫… 어, 하윽!"

좁은 우차 안에서 치사토는 코요의 것을 뿌리까지 머금은 자세로 코요의 기세에 밀려 몸이 조금씩 올라갔다.

이미 입고 있던 기모노는 전부 흐트러져 손발에 무겁게 엉켜 있을 뿐이었다.

하체의 자극만으로 솟아오른 유두와, 꼿꼿이 고개를 들고 흔들리는 양물을 문지르는 코요는 하카마만 벗었을 뿐이고, 상체는 조금도 흐트러지지 않았다.

나만 이렇게 흉한 꼴을 보이다니…… 그렇게 생각하자 분해서 치사토는 기모노를 벗길 생각으로 있는 힘껏 코요의 어깨를 제 쪽으로 끌어당겼다.

하지만 그 몸짓은 코요에게 다른 의미로 전달되고 말았다.

"더 강한 것이 좋으냐?"

치사토의 몸 아래에 있는 기모노를 단단히 잡고 그대로 제 쪽으로 끌어당겨 더욱 허리를 깊게 밀착했다.

"아윽!"

몸이 으스러질 것 같았다.

"싫… 어, 아홋!"

"거짓말하지 마라. 네 몸은 기뻐하고 있다."

조금 물러나는가 싶더니 가슴의 장식을 손가락으로 집어 세게 비틀었다.

갑작스러운 통증에 몸이 움츠러들었지만, 그와 동시에 코요를 머금은 치사토의 속살이 더욱 강하게 그것을 조였다.

강한 압박감에 코요의 입에서 쾌감을 억누르는 소리가 날숨처럼 흘러나오는 것을 듣고 치사토는 어쩐지 재미있어서 웃었다. 이 남자를 느끼게 만든 것이다.

"…무엇이 재미있느냐?"

대답을 해야 하는데 목소리가 나오지 않는다. 대답 대신에 속에 있는 것을 꼭 조였다. 눈앞의 단정한 얼굴이 일그러지는 모습이 더 재미있었다.

"그렇게 사랑스러운 낯을 보이지 마라."

'……뭐?'

무슨 말을 하는 건지 생각할 겨를도 없었다. 질퍽, 하고 요염한 물소리를 내며 치사토의 봉오리에서 자신을 빼낸 코요가 그대로 치사토의 허리를 잡고 몸을 뒤집었다. 옷을 걷어 올리자 뽀얀 엉덩이가 노출됐다.

"뭐야……?"

부끄러운 자세에 치사토는 동요했지만, 돌아본 시야에 비친 남자의 얼굴에는 음란한 웃음이 서려 있었다.

"네가 더 원한다고 말하게 해주겠다."

'무, 무엇을?'

이 이상 무슨 짓을 당할지 겁내는 마음이 표정에 드러나고 있다는 자각은 없다.

힘이 들어가지 않는 팔로 상체를 겨우 지탱해 허리만 치켜 올리고 다리를 벌린 모습.

창피해 죽을 것 같은 자세인데도, 코요가 몸을 가르고 들어와 있어서 치사토는 다리를 오므리는 것조차 할 수 없었다.

"보, 지 마아… 아흑!"

"네가 볼 수 없는 것이 아쉽구나."

어디를 말하는 것일까.

"내 것이 들어갔다고 생각할 수 없을 정도로 작은 봉오리에서 내가 토해낸 것이 흘러내리고 있다. 발그스름하게 물든 봉오리와 하얀 액이… 음란하구나. 치사토."

"…읏."

"왜 그러느냐? 원하지 않았느냐, 봉오리가 숨을 쉬듯 달싹이고 있다. 그래, 그렇게 원한다면 주겠노라."

방금 전까지 두꺼운 것이 들어가 있던 봉오리는 치사토가 믿고 싶지 않을 정도로 굶주리고 있었던 것 같다. 코요가 뭉툭한 끝을 문지르자 마치 유혹하듯 봉오리를 열어 안으로 천천히 끌어들였다.

"으… 으흥!"

그 형태를 차분히 기억시키려는 듯 이번에는 두려울 정도로 천천히 그것이 들어왔다.

가장 두꺼운 끝부분부터 뿌리까지 길이가 얼마나 길던지 정신이 아득해지려는 순간, 엉덩이에 가슬가슬한 감촉이 느껴졌다.

"치사토, 전부 삼켜라."

"하아……."

엉덩이에 닿은 것은 코요의 검은 수풀인 것 같았다. 방금 전 섹스에서 축축하게 젖어 피부에 달라붙어 있었다. 얼마 동안 배 속에 숨어 존재를 감춘 치사토의 상징이 다시 천천히 고개를 들기 시작했다.

또 밀고 들어온다.

"아흥, 하아, 아흑."

철퍽철퍽, 하고 서로의 몸을 적신 점액이 마찰하는 소리가 울렸다.

치사토는 눈을 꼭 감고 코요의 격렬한 움직임에 몸을 내맡긴 채 하염없이 흔들렸다.

"아흥, 아아아아훗!"

다시 가장 깊은 곳에 뜨거운 물보라를 느끼고 치사토는 마침내 그대로 정신을 잃고 말았다.

*　　*　　*

모든 욕망을 치사토 안에 남김없이 쏟아내고 천천히 양물을 뺀 코요는 그 순간 넘어지듯 쓰러진 치사토의 얼굴을 들여다보았다.

"……."

입가에 손을 대보니 미약하지만 숨을 쉬고 있었다. 안도

한 코요는 간단히 옷매무새를 다듬고, 치사토의 몸을 흐트러진 옷으로 가린 다음 무릎에 안아 올렸다.

"하기노."

치사토를 안은 채 바깥을 향해 말을 걸자 곧바로 답이 돌아왔다.

"네."

바로 대답했다는 것은 옆에서 대기하고 있었기 때문이다.

안고 있는 도중에 치사토가 지른 사랑스러운 신음 소리도 잘 들렸겠지만, 이것으로 자신이 치사토에게 얼마나 강하게 집착하는지 깨달았을 것이다.

'사이죠도 치사토에게 손을 대봤자 소용없다는 걸 알아차렸겠지.'

사실은 안긴 직후에 발을 열고 치사토의 음란한 자태를 보여주는 쪽이 더 효과적이겠지만, 그런 아까운 일을 굳이 할 필요도 없었다.

"이대로 돌아가겠소."

"네."

우차는 사이죠 가문의 것이었지만, 천황인 코요에게 바치는 것에 이의는 없을 것이다.

코요는 지금 치사토의 모습을 다른 자에게 보일 마음도

없었고, 치사토와 삼 일째 처문을 치른 이 우차를 남에게 넘길 생각도 없었다.

그리고 무엇보다도 더러워진 치사토의 몸을 어서 깨끗하게 닦아주고 싶었다.

"폐하."

"무슨 일이냐."

"출발하겠사옵니다."

사이죠에게 무슨 말을 했는지, 하기노는 코요를 기다리게 만들지 않았다.

그리고 바로 우차가 움직이기 시작했다.

"…치사토."

무릎에 안은 치사토의 얼굴을 지그시 내려다보는 코요의 가슴속에서 말로 표현할 수 없는 뜨거운 감정이 소용돌이치고 있었다.

처음에는 그저 신기해서, 궁중의 시끄러운 자들을 잠재우기 위해서, 치사토를 황후로 삼아야겠다고 생각했다.

하지만 하루하루 날이 지나면서, 그 달콤한 육체를 제 것으로 만들면서, 코요 안에서 지금까지 누구에게도 품지 않았던 마음이 생겨난 것이다.

갖고 싶다는 강렬한 욕구. 놓지 않겠다는 강한 집착. 사랑이라고 하는 뜨거운 애정. 세상을 떠난 정실부인에게도 제 아이에게도 애정이라는 것을 품지 않았던 자신의 인간다운 감정.

그것이 갓 만난 치사토를 상대로 끓어오른다는 것도 놀랍지만, 진정한 사랑은 시간과 무관한 것일지도 모른다.

"치사토……."

'어서 나를…….'

코요는 의식을 잃어 대답하지 않는 치사토의 몸을 바스러뜨릴 만큼 꽉 안았다.

*　　　*　　　*

서면을 보고 있었지만, 머릿속에 전혀 들어오지 않았다. 서두를 일이 아니라고 일찌감치 단념한 코요는 광려전으로 발걸음을 옮겼다.

코요의 발은 북쪽의 방을 향하고 있었다. 본래는 천황의 정실부인인 황후가 기거하는 그곳은 전처가 세상을 뜬 다음부터 오랫동안 비어 있었지만, 벌써 깨끗하게 단장을 마치고 새 주인을 맞이할 준비가 끝나 있었다.

오늘부터, 아니, 어젯밤부터 새로운 여주인이 있는 것이다.

"폐하?"

긴 건널복도를 걷는데 코요의 모습을 보고 놀란 듯 눈이 휘둥그레진 궁녀들이 있었다. 정무를 돌보고 있을 시간에 코요가 후궁이라고 불리는 곳에 있는 것이 믿기지 않는 모양이었다.

전처가 살아 있을 무렵에는 아이가 생길 때까지는 빈번하게 드나들었지만 후계자인 황자가 태어난 뒤로는 거의 걸음을 하지 않았다.

여인에게 흥미가 아예 없는 것은 아니었으나, 젊은 나이에 천황이라는, 세상에서 가장 높은 자리에 앉은 코요는 정사에 열정을 쏟았고, 애초에 정권 다툼의 불씨가 될 만한 처들을 맞이하는 데 적극적이지 않았던 것이다.

그런 코요가 아침 일찍부터 굳이 건너온 이유.

그것이 어젯밤 늦게 코요가 친히 데려온 이 북쪽 방의 새로운 주인을 만나기 위해서라는 걸 눈치챈 궁녀들이 미소 지으며 예를 갖추었다. 코요는 아닌 게 아니라 멋쩍은 생각이 들었다.

"폐하."

빠르게 걷는 코요를 궁녀 한 명이 가로막았다.

"일어났느냐?"

"아직 쉬고 계시옵니다. 옥체가 불편하신 듯 내내 끙끙 앓으시다가 새벽녘이 되어서야 잠이 드셨사옵니다."

말투는 공손하나 방문은 나중에 해달라는 뜻을 넌지시 비치고 있었다. 천황인 자신에게 이 정도로 확실히 제 뜻을 전하는 궁녀는 마츠카제밖에 없었다.

'마츠카제에게 치사토를 모시게 한 선택은 옳았지만… 나를 상대로도 가차없구나.'

치사토가 처음 이 땅에 내려왔을 때 시중을 들게 했던 마츠카제에게 계속 황후의 시중을 들라 명했지만, 직분에 충실한 마츠카제는 설사 천황이라고 해도 새로운 주인에게 해를 끼치는 소행은 딱 잘라 거절하는 대담한 여인이기도 했다.

"얼굴을 보려는 것뿐이다."

"……."

"마츠카제."

"아무쪼록 치사토님에게 부담을 주지 마시옵소서."

"알았다."

쓴웃음을 지으며 수긍한 코요에게 마츠카제는 몸을 비켜 길을 열었다.

그대로 똑바로 걸어서 북쪽의 방에 들어간 코요는 아직 고요한 침소의 발을 밀어젖히고 들어갔다.

치사토는 옆으로 비스듬히 누워 자고 있었다. 하얀 피부의 얼굴은 편안하다고는 보기 어려우나, 그래도 가혹한 통증에 신음하고 있다는 기색은 없었다.

'그 정도로 길들이고 천천히 안았으니 힘들지 않았겠지.'

치사토가 들으면 아마 큰소리로 반박하겠지만, 코요로서는 그나마 조심스럽게 아끼며 안았다. 장소가 장소인 만큼 완전히 열릴 정도로 길들일 방법도 시간도 없었는데 자신의 것을 받아들인 치사토의 조그만 봉오리는 상처입지 않고, 도중에는 자기도 원한다고 울면서 좁은 안을 스스로 조일 정도였다.

"……."

'오늘 밤부터는 자유롭게 그 달콤한 몸을 맛볼 수 있겠구나.'

곁에 앉아 가만히 바라보고 있자, 그 시선을 느꼈는지 치사토가 살짝 움직였다. 그대로 조용히 지켜보고 있으니, 잠이 덜 깬 표정으로, 그래도 조금 아픈지 끙끙대면서 상체를 일으키려고 했다.

"일어났느냐, 치사토."

"……!"

흠칫, 하고 작은 어깨가 떨렸다.

"잘 잤느냐?"

일어난 것이라면 상관없겠지. 코요는 치사토의 머리맡

까지 무릎걸음을 다가갔다.

그런 코요의 행동에 제 몸을 코요의 시선에서 숨기려는 듯 덮고 있던 우치기를 가슴께까지 끌어올린 모습을 보고, 과연 치사토답다며 무심결에 쓴웃음을 흘리고 말았다.

＊　　　＊　　　＊

몸이 욱신욱신 쑤시고 목도 아프다.

치사토는 잠결에 몸을 뒤척이면서 끙끙 앓았다.

'어, 나, 자고 있는 건가?'

머릿속으로 자신이 자고 있다는 걸 어렴풋하게 느낀 치사토는 어떻게든 정신을 차리려고 발버둥을 치고 애를 써서… 마침내 눈꺼풀을 열었다.

'어… 디?'

옆으로 누워 자고 있었던 치사토의 눈에 비친 것은 섬세하게 장식된 발.

자신의 방은 커튼이 달렸다고 생각하면서 또 눈을 감으려고 했는데… 치사토는 이번에야말로 눈이 번쩍 떠졌다.

이곳은 내 방이 아니다.

며칠 전부터 알 수 없는 이유로 끌려 들어온 헤이안 시대와 매우 닮은 세계—.

이윽고 거기까지 사고가 따라왔을 때, 치사토는 나지막이 신음하며 눈썹을 찡그렸다.

의식이 또렷해지면서 동시에 떠올리고 싶지 않은 기억까지 되살아난 것이다.

그런 곳에서, 목소리도 밀폐되지 않는 곳에서 도대체 얼마나 많은 사람이 코요가 자신을 안고 있다는 것을 알았을까.

그때 상황을 생각만 해도 얼굴이 화끈거릴 정도로 창피해서 죽을 지경이었지만, 상대는 그런 치사토의 마음을 이해할 리가 없었다. 그 남자에게는 수치심이라는 감정 따윈 없는 것이다.

"…윽."

'젠장…… 아프잖아. 윽.'

아무래도 엎드려 있었던 듯 국부의 통증은 아직 찌릿찌릿 하게 열을 동반했지만, 참지 못할 정도는 아니었다.

그것이 사흘 연속 남자를 받아들였기 때문이라면 몹시 불쾌했다.

아니, 치사토 자신도 어렴풋하게 알고 있었다. 아무리 억지로 일을 치렀다고 해도 중간 즈음부터는 제 쪽에서 그 남자를 원하고 말았다. 마음은 전혀 그렇지 않은데 몸은 사랑한다고 외치고 있었다.

'맞아, 난 그 자식을……'

치사토가 원래 세계로 돌아가는 데 협력해 주겠다고 겉으로만 그럴싸하게 약속하고, 아직 아무 경험이 없는 치사토의 몸을 이렇게까지 바꾸어놓았다.

싫지만 원하다니, 스스로도 이해할 수 없지만, 또 그런 일이 생긴다면⋯⋯.

'나⋯ 거부할 수 있을까?'

제 속을 모르겠어서 한숨이 절로 나왔다. 그러자 누워 있던 치사토 뒤에서 달콤하고 낮은 목소리가 들렸다.

"일어났느냐, 치사토."

"⋯⋯!"

어깨가 떨렸다. 결코 무서워서가 아니라고 자신을 질타하면서 치사토는 주먹을 꽉 쥐었다.

지금 이런 얼굴을 보이고 싶지 않아서 끝까지 무시하고 싶었지만, 한편으로는 남자가 어떤 표정으로 자신을 보고 있을지 궁금했다.

입으로는 불평을 늘어놓는 주제에 그렇게 흐트러진 나를 비웃을까? 아니면 미안하다고 사과하는 기색을 보일까?

살며시 고개를 든 치사토는 금방 자신이 너무 쉽게 생각했다는 걸 깨달았다.

'평소 때랑 다르지 않은 표정이야⋯⋯.'

떳떳한 모습에 방금 전까지 뜨뜻미지근하게 생각했던 자

신을 혼내고 싶었다.

마음속에서 무슨 말을 해도 어떤 태도를 취해도, 결국은 이 세계의 최고 권력자인 이 남자에게는 통하지 않는다는 체념이 자라나 치사토는 큰 한숨을 내쉬었다.

"치사토."

마치 사랑하는 사람을 부르는 듯 따뜻한 목소리다.

거칠게 밑에 깔리던 때와는 또 다르게, 자신이 자신이 아닌 것 같은 느낌이 들어서 싫었다.

아무튼 이 남자의 언동에는 조심해야 한다. 그렇게 생각하고 경계하는 치사토에게 코요가 말을 걸었다.

"이제부터의 일을 이야기하자."

"……이제부터?"

"실제로 너는 내 처가 되었다. 그렇다면 피로연을 열어서 내 황후는 누구인지 이름이라도 알려야 한다."

"……뭐어?"

치사토는 고개를 탁 쳐들고 엉겁결에 되묻고 말았다.

"무, 무슨 소리야?"

"처문은 사흘 만에 무사히 끝났고, 하기노가 후견인이 되었다. 너는 어젯밤부터 내 처다."

"에에—엣?"

'그렇게 간단히 결정된 거야?'

처문이라는 행위는 사흘 동안 남자가 여자의 집에 다니면서 기정사실로 만들면 그것으로 결혼이 성립한다는 것은 들어서 알고 있었다.

그리고 어젯밤 그 우차에서의 행위가 코요와 사흘 밤 연속으로 한 섹스였다는 것도 자각하고 있다. 미리로는 알고 있었지만 설마 그렇게 간단히 결혼이 성립될 줄이야. 마음 한 구석에서는 사실이라는 게 믿기지 않았다.

게다가 코요는 명색이 천황(치사토가 보기엔 이런 남자가? 이지만)이었다. 그렇게 지위가 높은 사람과의 결혼이 정말 그런 것으로 결정될 리 없다고 우습게 여기고 있었던 것이다.

'더 필사적으로 도망갔어야 했어……'

새삼스레 후회해 봤자 소 잃고 외양간 고치는 격이지만, 치사토는 쾌감에 약한 제 몸을 뼛속깊이 저주했다.

"가까운 시일 내에 피로연을 열자꾸나."

"피, 피로연?"

더욱 즐거운 표정으로 코요는 말을 이어갔다.

"제 딸을 황후로 올리고 싶어 안달이던 무리들은 분하겠구나. 너처럼 사랑스러운 자가 황후가 된다는 것을 알면 인정할 수밖에 없겠지."

그렇게 말하고 웃는 코요는 사태를 전혀 심각하게 여기는 것 같지 않았다.

그 머리를 한 대 때리며 바보 같은 소리 하지 말라고 구박하고 싶었지만, 아픈 허리를 잡고 있는 통에 도무지 힘이 들어가지 않았다.

'이렇게 된 이상 심각하게 고민해 봐야 해…… 윽.'

코요에게는 전혀 기대할 수 없다는 걸 이것으로 알았다.

아니, 원래 세계로 돌아가는 것뿐 아니라 코요의 아내임을 알리는 피로연으로부터도 온 힘을 다해 도망가야 한다.

협력자도 스스로 찾아, 어차피 반항하지 않겠지, 라고 자신을 깔보는 이 남자에게 한 방 먹여주리라. 치사토는 욱신거리는 허리를 문지르면서 연신 싱글벙글 웃는 코요를 암팡눈을 치뜨고 노려보았다.

『삭(朔)의 만남』 끝

작가 후기

세실 문고에서는 처음 뵙습니다, chi-co입니다. 『이연 (異戀)~삭(朔)의 만남~』을 선택해 주셔서 감사합니다.

첫 문고본이 다른 세계를 여행하는 작품이었는데 이번에 도 비슷한 이야기를 썼습니다.

이야기의 무대는 헤이안 시대… 와 매우 닮은 세계입니 다. 시대 배경이 흡사하고, 일본어도 당연히 통하지만 그래 도 세세한 부분은 다르게 설정했습니다. 이런 이야기를 읽 는 것이 고역인 분들도 술술 읽히리라 생각합니다.

저 역시 역사에 밝은 사람이 아닌 데다 역사적 사실에 충 실하게 쓰면 표현의 폭이 좁아질 것 같아서 이런 세계를 만 들고 말았습니다(삐질). 사실과 다른 부분이 있다고 지적하 실 만한 부분도 있지만 너른 아량으로 눈감아 주시길 바랍 니다.

이번 테마는 바로 '술래잡기'.

도망치는 수와 쫓는 공, 이야기는 매우 단순합니다.

낯선 세계에 와서 자신도 모르는 새 천황의 총애를 받고, 자신도 모르는 새 몸이 개발되어 버린 치사토.

수상한 아이인데도 신기하다는 이유로 흥미를 느끼고 자신의 계획에 이용하려다가 푹 빠져 버린 코요.

육체부터 시작된 관계이기 때문에 둘의 마음이 이어지지 않은 채, 치사토는 오로지 원래 세계로 돌아갈 생각만 하고, 코요는 제 것으로 만들 생각만 하고 있습니다. 일단은 몸부터 함락하면 된다니 어쩔 셈이야? 라는 생각도 드는데, 세상이 자신의 지배하에 있는 천황의 개인적인 생각이니 어쩔 수 없을지도 모르겠습니다.

신분의 차이가 있기는 하지만, 현대인인 치사토는 천황이 얼마나 높은 사람인지 잘 알지 못합니다. 코요도 자신에게 반항하는 그런 치사토에게 호감을 느끼는 상태인데 너무 제멋대로인가요(호호)?

지금까지 썼던 제 책과 비교해도 수위가 높습니다. 시간으로 따지면 일주일도 채 안 되는 동안에 몇 번이나 하는지(뻘뻘). 천황인데도 왕성한 코요… 아니, 귀엽습니다.

시점은 치사토와 코요가 번갈아 서술합니다. 분량도 거의 절반씩이지요. 이번에는 한쪽의 입장에서 서술하지 않고, 술래잡기가 도망가는 쪽과 잡는 쪽이 있는 것처럼 양쪽의 마음을 알고 싶어서 굳이 그렇게 썼습니다.

읽으시는 분도 한쪽에 몰입하기보다도 제삼자의 시점으로 보시면 즐거움이 곱절로 늘어나리라 생각합니다. 아, 물론, 한쪽 편을 드셔도 OK.

이번 삽화를 그려주신 분은 아사히코 선생님입니다.

담당 편집자님께 처음 제안 받았을 때, 그분의 아름다운 그림이 책에 딱! 이었지요. 특히 보여주신 작품이 시대물이었기 때문에 제 책에 실릴 그림을 쉽게 상상할 수 있었고, 곧바로 꼭 그려주십사 간곡히 부탁했습니다.

치사토는 귀엽고, 코요는 댄디하고, 글로는 간략하게 표현한 쥬니히토에(비스무리한 것)를 완벽하게 재현해 주셨고, 무엇보다도 아무튼 화려합니다! 헤이안 시대라는 단어를 들으면 특정한 이미지가 떠오르는데 그 이미지와 잘 맞아떨어진 느낌이었습니다.

이 이야기에는 이 그림밖에 없다, 라고 단언할 정도로 마음에 꼭 들었습니다. 소개해 주신 담당 편집자님께 감사드립니다.

원래 홈페이지에 연재하던 이야기이고 제목도 다릅니다. 지금 제목도 상당히 고심하고 시간을 들여서 지었습니다.

역시 전 제목의 인상이 강하게 남아서인지 좀처럼 다른 것이 떠오르지 않았지만 시대 배경을 고려해서 고풍스러운 어휘를 골랐습니다. 굳이 어느 쪽이라고 이야기하자면 이 것은 코요의 심정을 드러낸 것입니다. 어서 쌍방향 사랑이 됐으면 좋겠지만요.

술래잡기는 이제 초반. 어느 쪽이 우세일지 읽는 동안 아 시게 되겠지만 승부는 지금부터랍니다.

참, 이 이야기는 해피엔딩으로 끝나지 않습니다, 라기보 다 여기에서 끝내냐고 화내실 만한 전개에서 끝납니다(땀).

물론 앞으로도 이야기가 계속되고 저도 여러분이 꼭 읽 어주시길 바라지만, 나머지는 독자의 몫이므로… 계속 쓸 수 있도록 마음에 드시는 분은 응원 부탁드립니다.

chi-co

사이트 명:『Your song』

http://mogufuku.web.fc2.com/

(현재는 주소 변경.

http://chi-co.sakura.ne.jp/mokuji.htm : 역자 주)

역자 후기
역사 마니아의 좌충우돌 번역기

평범한 보통 날, 낯선 세계에 떨어진 소년. 모든 것이 얼떨떨하기만 한 소년 앞에 안하무인 훈남 천황이 나타나 소년을 제 것이라고 우겨댑니다. '마른하늘에 날벼락'이라는 속담은 이럴 때 쓰라고 있나 봅니다. 소년은 원래 세계로 돌아가기 위해 달콤한 제안을 받아들이지만 오히려 가혹한 시련에 휘말리게 되고, 이때부터 쫓는 공과 도망가는 수의 술래잡기가 시작됩니다.

헤이안 시대는 794년 지금의 교토인 헤이안쿄(平城京)로 천도한 때부터 1185년 무사들이 가마쿠라 막부를 세우기 전까지 약 400년 동안의 시대를 가리킵니다. 그때까지 문화를 지배했던 중국 문물(당나라)을 배제하고 일본 고유의 미의식이 뿌리내려 귀족의 주도하에 '깊이 있는 화려함'이

만개한 시기입니다. 특히 의상에서 도드라지게 나타나는데 치사토가 무겁다고 투덜대는 쥬니히토에가 대표적인 예입니다. 쥬니는 일본어로 숫자 '12'를 뜻하고 히토에는 '겹'을 의미합니다. 실제로 열두 겹은 아니었고 때와 장소에 따라 다섯 겹에서 스무 겹까지 겹쳐 입었다고 합니다. 배합한 색을 보고 미적 감각을 가늠했다고 하니 헤이안 여성들에게는 쥬니히토에를 고르는 것이 중요한 일과였을 것 같습니다.

또한 자유로운 연애가 충만했던 시절이었습니다. 여성이든 남성이든 능력만 있다면 얼마든지 정부를 여럿 둘 수 있었는데 다만 상류층 귀족은 얼굴을 직접 대면할 기회가 드물었기 때문에 들리는 풍월에 기대 상대를 찾아야 했지요. 두 집안의 사회적 지위와 경제적 능력이 걸맞고 마음이 통하는 이성을 찾으면 남성은 시 한 수 멋들어지게 지어 여성에게 보냈습니다. 헤이안식 연애편지라고 할까요? 여성도 마음이 동하면 답장을 보냅니다. 그렇게 연서가 몇 차례 오간 뒤 서로의 마음이 확고해졌을 때 남성은 여성의 침실에 찾아가 사흘 동안 운우지정을 쌓습니다. 그렇게 결혼이 성립되는 게 통상적인 관례였습니다. 코요는 시끄러운 신하들을 잠재우기 위해 이런 관례를 이용합니다. 21세기 소년인 치사토가 받아들일 리 만무하겠지요. 물론 연서를 보냈다고 해서 치사토가 이해할 수 있으리라고는 생각지 않습니다. 두 사람 사이에는 천 년이라는 시간이 존재하니까요.

고백하건대 저는 역사 덕후입니다. 그중에서도 헤이안 시대를 좋아하는데 직접 옮기게 돼서 무척 기뻤습니다. 일단 치사토와 코요 천황의 밀당(?)을 옮기기 전에 만반의 준비를 갖췄습니다. 책장에 꽂혀 있던 헤이안 관련 서적을 켜켜이 책상 옆에 쌓아두고, 오래전에 읽다가 만 『겐지이야기』를 다시 꺼내고, 영화까지 찾아봤습니다. 그러나 생각보다 현실의 벽은 높더군요. 어떻게 하면 헤이안 시대를 쉽고 생생하게 전달할 수 있을까? 고심에 고심을 거듭했지만, 일본인이 아닌 이상 어렵기는 번역자인 저 역시 마찬가지였습니다. 그래도 독자 여러분을 떠올리며 한 문장 한 문장 최선을 다해 옮겼으니 다소 난해한 부분이 있더라도 너그러이 이해해 주시길 바랍니다. 글로 다 표현하지 못한 헤이안 시대의 정경은 영화 『음양사』를 보셔도 좋을 듯합니다. 헤이안 시대를 대표하는 인물인 아베노 세이메이도 매력적이지만, 치사토가 깨어난 침상이 어떤 모양인지, 코요가 기거하는 광려전(실제 명칭은 청량전입니다만)이 어떤 건물인지 직접 확인하는 소소한 재미를 느끼실 수 있습니다.

두 주인공의 관계는 앞으로 어떻게 변할까요? 시대를 초월한 일방통행은 쌍방향통행으로 바뀔 수 있을까요?

두 사람 사이에 핑크빛 기류가 흐르는
그날을 고대하며……
윤슬